Zwölfeinhalb Bären,

... oder wie die Bären nach Waldulm kamen.

von Peter Siefermann

Robert, ein gerade arbeitslos gewordener Innenarchitekt von Passagier-schiffkabinen, fährt mit seinem Motorrad, den Hund Köhly im Beiwagen, von Hamburg nach Waldulm im Schwarzwald. In dem kleinen Dorf wird er ab jetzt mit seiner Familie in seinem Elternhaus wohnen. Seine Familie, das sind Manuela, seine Frau, sein Sohn Otto, acht Jahre alt, und seine Eltern. Die vier sind auf dem Weg nach Neuseeland zu Roberts Schwester. Dort werden die Großeltern von nun an leben. Und Robert will in Waldulm Architekt von Puppenhäusern werden.

Beim Räumen im Haus findet er seinen alten Teddy wieder; vergessen, verstaubt, nackt, mit Knöpfen als Augen. (Gedicht) Mit dem *Alten* nimmt die Geschichte ihren Lauf. Die Katze Kitty beobachtet höchst argwöhnisch, wie sich das Haus mit Bären aus aller Herren Länder füllt. Da kommen *Blizz* und *Grizz* aus Alaska, mit dem Lachs ins Meer, mit dem Schiff nach Wladiwostok, mit dem Zug nach Moskau und dem Flugzeug nach Frankfurt. Und Robert fängt an Heidelbeerpfannkuchen zu backen, fünf für jeden Bären und zwei für sich.

Die nächsten fünf Pfannkuchen sind für *Phil,* Philippe aus den französischen Pyrenäen, einen niedergeschlagenen Wissenschaftler und Zeit-Philosophen aus der Bärbar: „Jede Sekunde, die kommt, ist nagelneu … Die quietscht noch, so neu ist sie", lautet seine Erkenntnis.

Karolina Wortreich vom Fernsehen wird auf das Bärenhaus aufmerksam.

Pepo, ursprünglich aus den spanischen Pyrenäen, verschickt sich selber mit der Post, weil er es satt hat, als abservierter *Posti* in einem Automaten für die Kunden Briefmarken zu lecken. So gelangt er nach einer Fernsehsendung nach Waldulm.

Bei seinem ersten Auftrag für ein Puppenhaus befreit Robert aus dem Arbeitszimmer des Professors den Buchstützer *Homer,* einen Büchernarr und Gedichteerfinder. (Gedicht: „Tomaten")

Noch berühmter ist der nächste Ankömmling, das Elvis-Presley-Maskottchen und Schweißabwischer *Tennessee,* fast in einer Badewanne ertrunken und von Karolina Wortreich ins Bärenhaus gebracht.

Frosty, der Eisbär, wird von Robert aus einem Gemüse-Tiefkühl-Lieferwagen gerettet und erzählt seine abenteuerliche Reise von Grönland bis Waldulm.

Auch von weither, aus dem Yellowstone-Nationalpark, kommen *Bobby* und *Jack.* Da sie nicht mehr im Schwarzwald-Nationalpark als

Touristenerschreckbären arbeiten wollen, backt Robert nun Heidelbeer-pfannkuchen für zehn Bären und für sich.

Endlich kommen Manuela und Otto nach Hause. Der Bärenchor, die *Bären-Boygroup*, bereitet Otto eine fetzige Überraschung. (Bärenlied)

Eine Überraschung begegnet der Familie auch in der Stadtbücherei. Dort hält *Horatius*, selbsternannter Koch aus der Bärbar, einen Vortrag über die Zubereitung von *Sezelbruppe* in seiner eigentümlichen Sprechweise. Das Sprachgenie wird in Zukunft im Bärenhaus *Sezelbruppe* kochen und als *Lorveser* in der Stadtbücherei arbeiten.

Arbeiten, richtig gemein arbeiten, musste *Liddi* als Tanzbär in Rumänien. Und jetzt beschäftigt ihn der LIDDI-Supermarktchef als tanzendes Reklameschild. Dem setzen Robert und Otto ein Ende.

So spielt sich das Leben mit den Bären ein. Jeder geht seiner Beschäftigung nach, die Bären sammeln Geschenkideen für Roberts Geburtstag, bis – bis eines Tages Heidelbeergläser fehlen.

Otto kommt dem Geheimnis auf die Spur und der kleine Bär, die halbe Portion aus dem Elsass, *Louis Commecicommeca*, naturellement, als Zuwachs in die Bärenfamilie. Da es jetzt nur zwölfeinhalb und nicht dreizehn Bären sind, wird die ewig genervte Katze Kitty bei der Familie wohnen bleiben und Karolina Wortreichs gelungene Überraschung miterleben.

.

Das Buch ist für Kinder im Alter von sieben bis hundert Jahren vorgesehen.

.-.-.-.-.-.-.-.-.-.-.-.-

In der Fortsetzung der Bärengeschichte planen die Waldulmer Bären ein großes Fußballspiel, und zwar gegen keinen Geringeren als Europas beste Fußballmannschaft. Die Begegnung lautet: Bärussia Waldulm gegen FC Bärcelona.

Für Meret

Impressum

TWENTYSIX – der Self-Publishing-Verlag

Eine Kooperation zwischen der Verlagsgruppe **Random House** und

BoD – Books on Demand

© 2016 Peter Siefermann

Herausgeber und Verlag:
BoD – Books on Demand, Norderstedt

ISBN: 9783740711917

Kapitel 1

Robert

Endlich war Robert mit seinem Motorrad in Waldulm vor dem Haus seiner Eltern angekommen. Der Möbelwagen stand schon vor dem Gartentor. Die Möbelpacker hatten die meisten seiner Möbel bereits vor die Haustür gestellt. Jetzt warteten sie darauf, dass er bald die Haustür aufschließen würde, denn am Himmel zeigten sich dunkle Regenwolken. Die Möbel durften auf keinen Fall nass werden. Das gab sonst Wasserflecken, und die bekam man nur schwer wieder weggeputzt. Zwar hatte er selber noch nie Wasserflecken weggeputzt, denn seine Möbel waren noch nie nass geworden. Man hatte ja nicht umsonst ein Dach über dem Kopf. Aber seine Frau, die im Moment nicht da war, würde die Wasserflecken sehen und sagen: „Die bekommt man aber nur schwer wieder weggeputzt." Und weil seine Frau, wenn sie da war, meistens Recht hatte, schloss Robert schnell die Tür auf. Die Möbelpacker trugen die Möbel ins Haus, und Robert bestimmte, wohin die Möbel gestellt werden sollten. Wenn er selber nicht genau wusste, wohin damit, dann sagte er einfach „gerade aus". Gerade aus ging es in das größte Zimmer des Hauses. Seine Frau würde wissen, wohin mit den Möbeln, aber sie war ja nicht da.

Seine Frau war unterwegs nach Neuseeland, zusammen mit Großmutter und Großvater und Otto. Großmutter und Großvater waren natürlich Roberts Eltern und Ottos Großeltern. Otto war acht Jahre alt, und Otto hatte so richtig Glück. In Hamburg hatten seine Sommerferien am dreißigsten Juni begonnen und sollten am zehnten August enden. Otto ging nach den Hamburger Sommerferien jedoch nicht mehr in Hamburg zur Schule, sondern in Waldulm. Deshalb verlängerten sich seine Sommerferien automatisch. In Waldulm begannen die Sommerferien nämlich am achtundzwanzigsten Juli und endeten am zehnten September. Das ergab in der Summe ungefähr zehn Wochen Ferien am Stück. Die konnte er gut gebrauchen. Seine Mutter, also Roberts Frau, mit dem schönen Namen Manuela , und Otto begleiteten Großmutter und Großvater nach Neusee-land. Großmutter und Großvater hatten bis vor vier Wochen noch in dem Haus in Waldulm gewohnt. Aber weil sie nach Neuseeland reisen mussten und überhaupt nicht mehr nach Waldulm zurückkommen würden, hatte Robert gesagt, dass er und seine Frau und sein Sohn Otto dann in dem Haus wohnen wollten. Es wäre doch schade, wenn das schöne Haus leer stünde. Robert hatte mit seiner Frau und Otto bisher in Hamburg eine Wohnung gehabt. Er war von Beruf Innenarchitekt und hatte auf einer großen Schiffsbauwerft gearbeitet. Dort wurden riesige Personenschiffe gebaut. Robert war für die Innenausstattung der Schiffe zuständig. Er entwarf in seinem Büro Pläne für die Passagierkabinen und er war verantwortlich dafür, wie die Kabinen von innen aussehen würden. Also: Wo kommen die Betten hin, denn schlafen muss man ja auch auf einem Schiff. Wo kommt am besten der Kleiderschrank hin, denn umziehen muss man sich ja auf einem Schiff, besonders dann, wenn man ausnahmsweise mal beim Essen am Tisch des Kapitäns sitzen durfte. Dann musste man als Mann einen sauberen Anzug und als Frau ein sauberes Kleid anziehen, sonst zog der Kapitän eine Grimasse. Ein Kleiderschrank musste unbedingt in einer Kabine sein. Wo kommt die Dusche am praktischsten hin? Auf einem Schiff muss man manchmal sogar eine Waschgelegenheit haben. Warum? Für den Fall, dass man sich, weil man beim Kapitän zum Essen am Tisch sitzen durfte, vorher tüchtig aufgeregt und darum geschwitzt hatte. Robert jedenfalls schwitzte immer vor lauter Aufregung, und wenn er sich nicht bald danach duschte, fing er an zu muffeln. So ein Kapitän hat bekanntlich eine feine Nase, denn er muss ständig riechen, woher der Wind weht. Und wo der Schreibtisch hinkommt, musste Robert einplanen, denn das war wichtig. Wer mit einem Passagierschiff unterwegs ist, so heißen die großen Personenschiffe eigentlich richtig, möchte vielleicht gern eine Postkarte an Verwandte oder Freunde schreiben und erzählen, wie schön es beim Essen am Tisch mit dem Kapitän gewesen war. Robert wusste nämlich, dass es noch einige Leute gab, die ihre Ansichtskarten von Hand schrieben und im Postamt auf dem Passagierschiff in den Briefkasten warfen. Die meisten Leute verschickten ihre Grüße zwar mit dem Handy als MMS, aber eine richtige Ansichtskarte zu schreiben war viel schöner.

Das Essen am Kapitänstisch ist in der Regel sehr gut. Aber wenn es außer der Reihe mal nicht sehr gut sein sollte, sondern eher weniger gut, dann plante Robert dafür die Bullaugen ein. Bullaugen nennt man die Fenster einer Kabine. Meistens sind sie rund und man kann sie nur nach innen öffnen. Die Bullaugen sind praktisch. Man kann aus der Kabine zum

Beispiel mal nach draußen schauen, ob man einen Eisberg im Meer sieht oder vielleicht eine Insel mit Palmen drauf. Oder aber man kann, wenn das Essen gerade mal nicht sehr gut gewesen ist und man den Kapitänstisch aufgeregt und schwitzend auf dem schnellsten Weg Richtung Kabine verlassen hat, das Essen aus dem Bullauge nach draußen ins Meer spucken. Das freut dann die Fische. Das ist der Hauptgrund, weshalb neben und hinter riesigen Passagierschiffen immer eine ganze Menge Fische schwimmen. Danach geht's dann wieder unter die Dusche, denn man hatte ja geschwitzt. Das ist ja klar.

Robert war ein sehr guter Innenarchitekt für Kabinen auf Passagierschiffen. Das hatten all seine Kollegen und sogar sein Chef ihm bestätigt. Aber es fuhren mit der Zeit immer mehr und immer riesigere Passagierschiffe über die Meere. Plötzlich war er eines Tages ins Personalbüro seiner Schiffsbauwerft bestellt worden. Dort musste er erfahren, dass die Werft in Zukunft keine Passagierschiffe mehr bauen würde. Es gab zu viele. So viele, dass man Angst haben musste, dass das Meer überlaufen würde. Wie bei der Badewanne, wenn sich Robert und Manuela und Otto alle auf einmal hineinsetzen. Die läuft dann auch über. An den Tankstellen für Passagierschiffe stauten sich die Schiffe bis in die Meerenge von Gibraltar. Das ist dort, wo Europa und Afrika ganz nah beieinander liegen und fast zusammenstoßen. Darum gab es keine Arbeit mehr für Innenarchitekten für Kabinen von Passagierschiffen. Das war gerade vor ein paar Wochen gewesen. Robert hatte plötzlich keine Arbeit mehr, und ohne Arbeit hätte er bald kein Geld mehr. Wovon sollten er und seine Frau und sein Sohn Otto dann in Zukunft leben? Robert hatte sich richtig Sorgen gemacht. Manuela verdiente mit ihrer Strickschule für Anfänger leider nur unregelmäßig Geld. Aber dann kam ihm das Glück zu Hilfe.

Robert hatte eine Schwester in Neuseeland. Sie hatte vor mehr als zwanzig Jahren einen Mann geheiratet. Der war als Tourist in Deutschland unterwegs gewesen. Zufällig hatten seine Schwester und der Tourist sich kennengelernt und dann verliebt. Der Mann war Besitzer einer Schafsfarm in Neuseeland und er war Neuseeländer. Zwar liegt kein anderes Land weiter von Deutschland entfernt als Neuseeland, da konnte man auf der Landkarte gucken wie man wollte, aber genau dorthin zog Roberts Schwester nach der Hochzeit.

Robert war noch nie in Neuseeland gewesen. Seine Frau Manuela und Otto ebenfalls nicht. Großmutter und Großvater erst recht nicht.

Auf einer Schafsfarm braucht man ständig Leute, die die Schafe scheren: Echte Wolle kommt meistens von den Schafen. Während eines Jahres wächst den Schafen so viel Wolle, dass man ihnen die Wolle abschneiden muss. Würde man das nicht tun, würden die Schafe die Hitze im Sommer in Neuseeland überhaupt nicht aushalten. Zudem ist es praktisch mit der Wolle: Man strickt daraus Socken, Pullover, Mützen und Handschuhe für den Winter.

Großmutter und Großvater hatten damals in Waldulm einen kleinen Friseurladen im Dorf. Tagein, tagaus schnitten sie den Einwohnern von Waldulm auf Wunsch die Haare. Aber Friseure mussten den ganzen Tag stehen. Und weil Großmutter und Großvater immer älter wurden, klappte das mit dem Stehen nicht mehr so gut. Vielen Leuten in Waldulm war der Gang zum Friseur leider auch zu teuer. So hatten Großmutter und Großvater bald gar keine Kunden mehr in ihrem Laden. Von was sollten sie leben, wenn sie kein Geld mehr mit dem Haareschneiden verdienen konnten?

Dann hatte Roberts Schwester Großmutter und Großvater einen Vorschlag gemacht: Sie sollten doch zu ihr und ihrem Mann nach Neuseeland auf die Schafsfarm ziehen. Für immer. Sie hatte gesagt, dass in ihrem Haus genug Platz für alle wäre und es wäre sowieso besser für Großmutter und Großvater. Sie wären ja nicht mehr die Jüngsten und es müsse ja jemand nach ihnen schauen, wenn sie noch älter werden und ein bisschen schusselig. Und zudem, hatte die Schwester gesagt, wäre es nicht schlecht, wenn sie nebenbei noch etwas Geld verdienten: Sie könnten Schafe scheren.

Großvater hatte sofort gesagt: „Als Friseur kann ich bestimmt gut Schafe scheren."

Und Großmutter hatte sofort gesagt: „Wo du hingehst, mein lieber Mann, geh´ ich auch hin. Sogar bis nach Neuseeland."

Großvater hatte gemeint: „Nach Neuseeland kann man nicht gehen, dahin muss man fliegen oder mit dem Schiff fahren."

Und Großmutter hatte gemeint: „Da ich Angst vor dem Fliegen habe, fahren wir mit dem Schiff. Dann können wir auf dem Schiff gleich unsere Möbel mitnehmen und unterwegs auf sie aufpassen. Wir fahren bestimmt ab Hamburg mit einem Container-Schiff. Und in Hamburg kann uns Robert beim Verladen der Möbel auf ein Container-Schiff helfen. Und wenn Robert will, kann er ja in unser Haus in Waldulm ziehen, weil er ja als Architekt für Innenkabinen von Passagierschiffen keine Arbeit mehr.

Genauso hatten sie es dann gemacht. Großvater hatte einen Lastwagen mit einem Container drauf bestellt. Dann hatte er Möbelpacker beauftragt, all seine Möbel in den Container zu packen. Der Lastwagen mit dem Container und den Möbeln war dann in einer Nacht von Waldulm bis nach Hamburg in den Hafen gefahren. Dort hatte ein starker Lastkran keine Mühe, den Container samt Möbeln auf ein Container-Schiff zu heben, das direkt nach Neuseeland fuhr. Großvater und Großmutter durften auf dem Schiff eine Kabine beziehen. Es war nicht so eine bequeme Kabine, wie sie Robert für die Passagierschiffe plante. Aber dafür saßen sie jeden Tag auf See mit dem Kapitän zusammen zum Essen am Tisch. Piekfeine Kleider brauchten sie dabei gar nicht anzuziehen, denn auf einem Containerschiff ging es bei weitem nicht so vornehm zu wie auf einem Passagierschiff. Und weil gerade die Sommerferien begannen, hatte Großvater seinen Enkel Otto nach Neuseeland eingeladen. Und weil Otto ja nicht wieder alleine von Neuseeland nach Deutschland zurückfliegen konnte, durfte Roberts Frau mit nach Neuseeland fahren. Sie bekam sogar mit Otto eine eigene Kabine. Natürlich durften auch sie jeden Tag beim Essen am Kapitänstisch sitzen, zusammen mit Großmutter und Großvater. Otto hatte sich riesig gefreut. Er liebte Großmutter und Großvater sehr. Er wusste genau, dass er Großmutter und Großvater für eine ziemlich lange Zeit nicht mehr wiedersehen würde, wenn er wieder in Deutschland zurück wäre. Das war vor genau vier Wochen. Nach dem Verladen der Möbel blieb das Container-Schiff noch eine Woche lang im Hamburger Hafen liegen. Nur wegen eines einzigen Containers fuhr so ein großes Schiff noch lange nicht aufs Meer hinaus. Es wurden noch viel mehr Container auf das Schiff geladen. Großmutters und Großvaters Container stand ganz unten im Bauch des Schiffes, weil er als letzter in Wellington ausgeladen wurde. In Wellington war für das Schiff die Endstation erreicht. Wellington heißt die Hauptstadt in Neuseeland. Bis zur Abfahrt wohnten Großmutter und Großvater bei Robert und Manuela und Otto in der Hamburger Wohnung. Genau vor drei Wochen hatte das Container-Schiff den Hafen verlassen.

Robert war am Kai gestanden und hatte mit einem weißen Taschentuch gewinkt, und Großmutter, Großvater, seine Frau und Otto hatten mit weißen Taschentüchern zurückgewinkt. „Bis bald, Papa", hatte Otto gerufen. „Pass auf Kitty auf", hatte Großmutter gerufen. Kitty war Großmutters Katze, die für vier Wochen bei Nachbarn in Waldulm untergebracht worden war. Heute würde das Container-Schiff in Wellington samt Möbeln und mit Großvater, Großmutter, Manuela und Otto an Bord eintreffen.

Da hatte Robert also Glück gehabt, dass er in das Haus von Großmutter und Großvater einziehen konnte. Er hatte nämlich vor, Architekt zu bleiben. Aber anstatt Innenkabinen von Passagierschiffen zu entwerfen, würde er es künftig als Architekt und Konstrukteur von Puppenhäusern und Puppenhausmöbeln versuchen. Er hatte nun ein eigenes Haus und eine eigene Werkstatt. Großvaters Schopf konnte er sehr leicht in eine Werkstatt umbauen. Das Beste daran würde sein, dass er sein eigener Chef wäre und er nicht entlassen werden konnte, weil es zu viele Passagierschiffe gab. Robert war überzeugt davon, dass es nie genug Puppenhäuser würde geben können.

Während der ersten zwei Wochen und sechs Tagen nach der Abfahrt des Container-Schiffes nach Neuseeland hatte Robert alles in Kartons eingepackt, was nach Waldulm in das neue Haus transportiert werden musste: Geschirr, Besteck, Töpfe, Blumenvasen, Lebensmittelvorräte, Kleider, Schuhe, Bettwäsche, Ottos Schulranzen, Ottos Spielsachen, Manuelas Strickwolle und Stricknadeln, Bücher, Pflanzen, Fernsehgerät, Computer, sein großes Zeichenbrett, seine Lineale und Winkel zum Zeichnen von Puppenhäusern, Bleistifte, Buntstifte, Bilder, Fotografien, Teppiche, Lampen, Badezimmerutensilien, Ziergegenstände und Hundefutter.

Hundefutter? Ja, Robert, Manuela und Otto besaßen einen Hund. Besser gesagt: Der Hund besaß Robert, Manuela und Otto. Der Hund hieß „Köhly", weil er schwarz war wie die Hände und das Gesicht eines Köhlers im Schwarzwald. Ein Köhler stellte aus Holzscheitern in einem Meiler Holzkohle her.

Nach zwei Wochen und sechs Tagen war Robert mit dem Packen fertig. Er rief eine Möbelspedition an und sagte, dass er von Hamburg nach Waldulm umziehen möchte. Daraufhin kam der Möbelwagen und mit ihm vier Männer, die mit Umzügen große Erfahrung hatten. Alle Kartons wurden in den Möbeltransporter geladen. Als Roberts Wohnung leer und der Lastwagen mit Möbeln voll war, fuhren die Möbelpacker mit dem Möbeltransporter davon. Robert hatte ihnen gesagt, dass er am nächsten Tag nachmittags in Waldulm wäre. „Ist in Ordnung", hatten die Möbelpacker gesagt. „Wenn Sie noch nicht da sind, stellen wir die Kartons und die Möbel vor die Haustür in den Garten."

Am nächsten frühen Morgen rief Robert seinen Hund Köhly, setzte ihm Ottos alte, rosafarbene Skibrille auf, damit der Hund keine Entzündungen der Augen bekommen konnte. Denn wenn man mit einem Motorrad fahren wollte und keine Augenschutzbrille aufhatte, konnte das für die Augen unangenehme Folgen haben. Auch Robert setzte eine Brille auf. Dann hieß Robert den Köhly, im Beiwagen seines Motorrads „Platz" zu machen. „Platz machen" bedeutet für einen Hund nicht etwa, dass er aus dem Weg gehen soll, sondern im Gegenteil: Der Hund soll sich genau dort hinsetzen, wohin man mit dem Zeigefinger deutet, wenn man zum Hund „Platz" sagt. Dann fuhren die beiden los.

Es war keine Freude, mit einem Motorrad und einem Beiwagen dran, in dem Köhly sitzen musste, über siebenhundert Kilometer auf einer Autobahn von Hamburg nach Waldulm zu fahren. So weit war es nämlich. Robert musste unterwegs zehnmal anhalten. Aber nicht wegen der Augen, nein. Dafür hatten sie ihre Schutzbrillen. Es war wegen der Fliegen. Auf einem Motorrad sitzt man ja nicht wie in einem Auto in einem geschlossenen Raum hinter den Scheiben. Auf einem Motorrad ist nichts als Luft um einen herum, und in dieser Luft fliegen Fliegen. Weil man auf der Autobahn ziemlich schnell fährt, können die Fliegen, wenn sie im Weg fliegen, nicht mehr ausweichen. Darum prallen die Fliegen dann leider an die Schutzbrille für die Augen. Robert musste also ein paarmal seine und Köhlys Brille von Fliegen reinigen. Manche Fliegen jedoch hatten die Angewohnheit, nicht gegen die Brille, sondern in die Nasenlöcher oder in den Mund zu fliegen, und das war igitt unangenehm. Dann spuckten Robert und Köhly auf einem Autobahnrastplatz die Fliegen wieder aus. Pfui. Aber Robert musste zwischendurch auch anhalten, um den Benzintank des Motorrads wieder zu füllen. Das war insgesamt dreimal notwendig. Als sie endlich in Waldulm vor dem neuen Haus eintrafen, das früher das alte Haus von Großmutter und Großvater war, hatten die Möbelpacker die Möbel und Kartons bereits vor der Haustür und im Garten gestapelt.

Drei Stunden später, als die Möbelpacker wieder weg waren, schickte Robert den Hund in den Garten. Dort sollte sich Köhly in der unvertrauten Umgebung etwas umsehen. Er sagte: „*Eigentlich* könntest du in den Garten gehen und dich ein wenig mit der Umgebung vertraut machen." *Eigentlich* war eines von Roberts vier Lieblingswörtern. Er selbst dachte: <*Normalerweise* würde ich mich jetzt gern auf ein Bett legen und ausruhen.> *Normalerweise* war ebenfalls eines der vier Lieblingswörter. Die anderen zwei Lieblingswörter waren *vielleicht* und *überhaupt*. Aber die Möbelpacker hatten eine Menge Kartons auf dem Bett abgestellt, sodass Robert sich gar nicht hinlegen konnte. Darum setzte er sich auf einen Stuhl im größten Zimmer des Hauses und war nur noch müde. „Geschafft, Robert", sagte er zu sich selbst. „Und *überhaupt*. Herzlich willkommen in deiner neuen Heimat." Während er so da saß und auf Manuelas und Ottos Anruf aus Wellington in Neuseeland wartete, fing es an zu regnen.

Das Telefon läutete mitten in der Nacht. Robert schreckte aus dem Schlaf hoch. Er fragte sich, wer das mitten in der Nacht sein konnte. „Wer weckt mich denn mitten in der Nacht", hatte er darum gefragt. „Es ist drei Uhr morgens", hatte er gleich noch hinzugefügt. Es waren Manuela und Otto, direkt aus Neuseeland. Sie hatten vergessen, dass es in Deutschland erst drei Uhr am Morgen war, wenn es in Neuseeland schon drei Uhr am Nachmittag war. Das kommt daher, weil die Sonne in Neuseeland zwölf Stunden früher aufgeht als in Deutschland. „Entschuldigung", hatten sie gesagt, „aber wir wollten uns sofort bei dir melden, wenn wir da sind." Und dann erzählten sie Robert von der Schiffsreise nach Neuseeland. Die ersten Container waren in Kapstadt in Südafrika abgeladen worden. Die nächsten dann in Mumbai in Indien. Dann noch welche in Sydney in Australien. Sydney liegt schon ganz nah an Neuseeland, aber man kann Neuseeland von dort aus noch nicht sehen. Als letzter Container war dann in Wellington Großmutters und Großvaters Container ausgeladen worden. Gut, dass der ganz unten im Bauch des Schiffes war. „Liebe Grüße auch von Großmutter und Großvater und von deiner Schwester und ihrem neuseeländischen Mann", hatten sie zum Schluss gesagt.

Dann war Robert dran zu erzählen. Er erzählte von seiner und Köhlys Fahrt auf der Autobahn von Hamburg nach Waldulm. Hauptsächlich sprach er von den Fliegen. Und dass die Möbel schon vor der Haustür und im Garten gestanden hatten, als er in Waldulm angekommen war. Bei der Gelegenheit fragte er Manuela, wohin er die Kartons und die Möbel stellen sollte, die er aus Verlegenheit alle im größten Zimmer des Hauses untergebracht hatte. Manuela wusste es selbstverständlich. Er nahm sich einen Zettel und einen Bleistift und schrieb sich alles auf, damit er es nicht vergaß. Immerhin war es drei Uhr in der Nacht und er wollte noch ein halbes Ohr lang schlafen.

Zum Abschied sagte Manuela: „Schlaf gut, Schatz." Und Otto sagte: „Schlaf gut, Papa." Robert erwiderte. „Schönen Abend, Maus; schönen Abend, Otto." Ja, Robert sagte zu Manuela nicht Manuela oder Manu, sondern Maus. Das gefiel ihm, und Manuela gefiel es auch

Kapitel 2

Der *Alte*

Am ersten Tag in Waldulm schraubte Robert alle Möbel zusammen und stellte sie auf. Dann unternahm er mit Köhly einen Spaziergang rund um das Haus. Köhly war völlig aus dem Häuschen, weil es rings ums Haus viele Wiesen und Wälder gab und es ganz anders aussah als in Hamburg. Dort hatte er eine halbe Stunde mit der S-Bahn fahren müssen, um einen Flecken Wiese zu finden. Am Abend gingen die beiden zum Nachbarn und klingelten an der Haustür. Die Haustür ging auf. „Guten Abend", sagte Robert freundlich. „Ich bin Ihr neuer Nachbar. Sie haben auf Großmutters und Großvaters Katze Kitty aufgepasst. Ich kann sie jetzt nach Hause mitnehmen, wenn sie *vielleicht* da ist."

Kitty war da, und so ging sie mit Robert und Köhly hocherhobenen Kopfes nach Hause. Die Nachbarin hatte noch fünf Dosen Katzenfutter übrig. Die schenkte sie Robert, weil der noch keine Zeit zum Einkaufen gehabt hatte.

Kitty und Köhly verstanden sich auf Anhieb prächtig. Sie waren zwar Hund und Katze, pflegten jedoch einen sehr respektvollen Umgang miteinander. Das gibt es zwischen Hund und Katze selten.

Am zweiten Tag in Waldulm packte Robert sämtliche Kartons aus und räumte den Inhalt in die Möbel, die er gestern aufgestellt hatte. Das machte ihm richtig Spaß. Er merkte sich, was er wo hineingestellt oder hineingelegt hatte. Das ersparte ihm später das Suchen. Zudem lernte er so das Haus mit all seinen Zimmern kennen. Als er das letzte Mal hier gewohnt hatte, war er noch ein kleiner Junge gewesen. Das Haus hatte zwei Stockwerke. Im Erdgeschoss lagen die Küche, das Wohnzimmer, das Elternschlafzimmer und das Badezimmer. Im ersten Stock lagen das Arbeitszimmer, Ottos Kinderzimmer und das Gästezimmer. Alle Zimmer hatte Robert schon besichtigt. Nur das Gästezimmer noch nicht. Um das hatte er bis heute einen Bogen gemacht. Das Gästezimmer war nämlich früher, als seine Schwester und er noch klein gewesen waren, ihr Kinderzimmer. Um sein ehemaliges Kinderzimmer betreten zu können, musste er vorbereitet sein. Das ging nicht so hoppla. Es hingen so viele Erinnerungen damit zusammen. Als seine Schwester und er erwachsen geworden waren und sie nach Neuseeland und er nach Hamburg gezogen war, hatten Großmutter und Großvater eine Abstellkammer daraus gemacht. Oder eine Rumpelkammer.

Am Abend des zweiten Tages stand Robert nun vor dem Zimmer im ersten Stock. Er nahm die Türklinke in die Hand. Sein Herz klopfte ihm bis zum Hals. Er holte tief Luft, öffnete und ging hinein. Wie vom Schlag getroffen blieb er stehen. Ja. Das war eine Rumpelkammer. Nichts mehr erinnerte ihn an ein Kinderzimmer. Wo waren sein Bett und der Nachttisch? Wo sein Schreibtisch? Wo sein Schrank? Wo die Möbel seiner Schwester? Er sah nur Regale, Kartons, eine Stehlampe, ein Bügeleisen, ein Paar Langlaufski, einen leeren Vogelkäfig, alte Taschen, alte Koffer, Geschenkpapierrollen, ein altes Radio, einige Blumenvasen, kaputte Federballschläger, alte Schuhe und weiteren Krimskrams. „Ach Großmutter, ach Großvater", stöhnte er. Jetzt ahnte er, warum er das Zimmer bei seinen Besuchen stets verschlossen vorgefunden hatte. Seine Eltern hatten sich für die Unordnung wahrscheinlich geschämt. Robert drehte sich enttäuscht um. Er ging zur Tür und wollte diese gerade hinter sich schließen, als er etwas hörte. Was war das? Er wartete. Da war wohl nichts, dachte er nach einer Weile. Er nahm wieder den Türgriff in die Hand. Da! Jetzt wieder. Da spricht doch jemand. Er drehte sich um und ging zwei Schritte tiefer in das Zimmer hinein. Jetzt wieder. Ganz deutlich: „Robby!"

Robby?, dachte Robert. Robby? Das konnte doch wohl …, das durfte doch wohl nicht … Wieder die Stimme: „Rooobby!" Das ist doch gleich …, die Stimme kenn´ ich doch! Das ist mein *Alter*, der da ruft. „Alter", fragte Robert. „Alter, bist du das? Wo steckst du denn?" „Hier bin ich, Robby. Hier auf dem Regal, hinter den Ski." Robert trat näher an eines der Regale heran und beugte sich vor, damit er besser sehen konnte. Tatsächlich. Da saß sein alter Teddybär, sein *Alter*. Er griff hinter die Ski und zog vorsichtig den Teddybär hervor. Sofort umfing ihn eine Staubwolke. „Oh, Mann, bist du voller Staub. Hey, Alter, was machst du denn hier in dieser Ecke?" Robert hielt den *Alten* auf Armeslänge von sich gestreckt und betrachtete den Kerl. Ohje, wie sah der nur aus.

„Dreimal darfst du raten", brummte der *Alte*.

„Entschuldige, Alter, aber an dich hab ich überhaupt nicht mehr gedacht."

„Das hab ich gemerkt", sagte der Bär vorwurfsvoll. „Aus den Augen, aus dem Sinn, nicht wahr?"

„Verzeih´ mir, bitte." Robert war sehr schuldbewusst. „ Apropos Augen. Was hat man denn *überhaupt* mit deinen Augen gemacht? Das sind ja Knöpfe."

„Hm, die hat mir Großmutter angenäht, nachdem ich meine richtigen Augen irgendwie verloren hatte. Du müsstest dich eigentlich daran erinnern. Sie hat es gut gemeint, aber durch die Knopflöcher seh´ ich halt kaum was."

„Das glaub ich gern", sagte Robert. Du siehst *überhaupt* schrecklich aus. Was ist nur aus deinem Pelz geworden? Du bist ja von Kopf bis Fuß vollständig kahl. Du hast eine Ganzkörperglatze."

„Ausgerechnet du musst lästern", erwiderte der *Alte.* „Das hab ich alles dir zu verdanken. Du hast mich damals doch überall mit hin geschleppt. Dabei hab ich dann nach und nach die Haare verloren. Seither friere ich ständig."

„Ich war das?"

„Exakt, du warst das. Aber das war ganz okay so. Wir waren schon ein gutes Team, weißt du nicht mehr?"

„Das ist alles so lang her, Alter. Ich werd mich mit der Zeit schon wieder daran erinnern. Komm jetzt erst mal mit ins Erdgeschoss, dann schauen wir, was wir für dich tun können. Du bleibst jetzt bei mir und du gehörst ab sofort zu unserer Familie."

„Hast du nicht eine Decke für mich, Robby? Ich fühl mich so nackt."

„Warte, bis wir unten sind. Ich stell dich dann Köhly und Kitty vor. Das sind unser Hund und unsere Katze."

„Ist Kitty ein Mädchen? Wenn sie ein Mädchen ist, brauch ich sowieso eine Decke. Ich will nicht, dass sie mich nackt sieht."

„Aber hallo, Alter", neckte ihn Robert. „Kitty ist eine Katze und keine Bärin."

„Trotzdem."

Robert wickelte den *Alten* in eine Decke, wie er es gewünscht hatte. Köhly beschnupperte den Teddy und grummelte ein hohles „Willkommen im Club. Geh mir bloß nicht an den Fressnapf." Und Kitty, die wegen irgendwas beleidigt war, hauchte ein arrogantes „Pse" und ignorierte den *Alten* auffälligst.

„Ich hab´ eine Idee", sagte Robert zum *Alten*. Er ging kurz weg und kam mit einem Zentimetermaßband zurück. „Zeig mir deine Beine." Er nahm das Zentimetermaßband und maß die Länge der Beine: „Dreizehn Zentimeter."Er schrieb es auf einen Zettel. „Jetzt zeig mir deine Arme." Er maß die Länge der Arme und schrieb auf den Zettel: Arme elf Zentimeter. „Nun den Oberkörper." Er nahm das Maß vom Hals bis zum Oberschenkel und schrieb auf den Zettel: Oberkörper fünfzehn Zentimeter. „So, zum Schluss messen wir deinen Bauchumfang. Was? Achtunddreißig Zentimeter? Bist ganz schön fett geworden, mein Alter." Auf den Zettel schrieb er: Bauchumfang achtunddreißig Zentimeter. Der *Alte* grollte: „Das mit dem Bauch ist alles Kummerspeck. Sitz du erst mal zwanzig Jahre in einer finsteren Ecke bei Staub und Kälte und ohne dass du was siehst. Dann hast du jede Menge Kummer und Zeit zum Nachdenken hast du auch genug."

„Jajaja, Alter, ist ja gut." Robert nahm den *Alten* in den Arm und drückte ihn. „Glaub mir, es tut mir wirklich aufrichtig leid. Ich schwör´s."

Kitty räkelte sich gemütlich auf dem Fensterbrett. Dort war ihr Lieblingsplatz. Unter dem Fensterbrett war die Heizung. Kitty hatte es gerne sehr warm. Aus dem Fenster konnte sie alles beobachten. Darum wusste Kitty fast immer genau, was auf der Welt passierte. Weil sie fast immer am Fenster saß, brauchte sie keine Zeitung. Jetzt studierte sie aber die Schärfe ihrer Krallen und stichelte: „Bei mir hat bis heute keiner geschworen, dass es ihm leid tut, als sie mich für vier Wochen zu den Nachbarn abgeschoben haben. Und dann fällt es den gnädigen Herrschaften erst am zweiten Tag nach der Ankunft hier ein, dass sie ihre Königin abholen sollten. Keiner."

Robert ergriff das Telefon und schaute auf die Uhr. Es war jetzt acht Uhr abends in Deutschland. Dann musste es jetzt in Neuseeland acht Uhr morgens des nächsten Tages sein. Da ist Manuela bestimmt *vielleicht* schon wach. Sie gähnte aber noch, als sie sich am Telefon meldete.

„Hallo Schatz", nuschelte sie müde, „was gibt´s?"

„Hallo Maus", freute sich Robert, „geht es euch gut?"

„Naja", meinte sie, „wir sind halt müde wegen des Jetlags. Die Zeitumstellung macht uns zu schaffen."

„Ich verstehe", sagte Robert. „Ich hab´ einen Auftrag für dich. Ihr habt wegen der Schafe dort bestimmt einen Haufen Wolle. Schreib dir bitte mal auf. Beine: dreizehn Zentimeter. Arme: elf Zentimeter. Oberkörper: fünfzehn Zentimeter. Bauchumfang: achtunddreißig Zentimeter. Hast du´s? Gut. Nimm bitte dein Strickzeug und Wolle und stricke eine Hose und einen Pullover."

„Schatz, was ist los? Brauchst du Hose und Pullover für Kitty?"

„Nein, Maus."

„Brauchst du es dann für Köhly?"

„Nein, Maus. Strick es bitte einfach nach den Maßen und sende es per Post zu mir. Ich erzähle es dir, wenn du wieder daheim bist. Grüß Otto schön von mir."

„Mach ich. Er schläft noch."

„Grüß´ auch Großmutter und Großvater und meine Schwester und den Schwager."

Kitty war jedes Mal, wenn Robert „Maus" zu seiner Frau gesagt hatte, vom Fensterbrett aufgesprungen und hatte wie verrückt nach einer echten Maus im Zimmer gesucht. Robert grinste verstohlen. Geschieht ihr recht, dieser komischen Königin, dachte er.

Robert und der *Alte* saßen noch gemütlich eine Weile zusammen und erzählten sich von den alten gemeinsamen Zeiten. „Weißt du noch …" hieß es ein ums andere Mal. Köhly lag zu ihren Füßen und schnaufte hin und wieder tief ein und aus. Kitty lag hochnäsig schmollend auf ihrem Lieblingsplatz am Fenster.

Dann war es Zeit ins Bett zu gehen. Robert nahm den *Alten* mit in sein Bett, deckte ihn zu, und bald schliefen sie zusammen wie einst.

Am nächsten Morgen wachte Robert abrupt aus dem Schlaf auf. Er fühlte mit einer Hand seine Stirn. Hatte er Fieber, oder was? Oder hatte er wild geträumt?

Er schaute neben sich. Nein, er hatte nicht geträumt. Der *Alte* lag schnarchend neben ihm. Aber da war noch was anderes. Robert taumelte auf, kramte nach einem Bleistift, suchte nach einem Blatt Papier. Er muss doch geträumt haben, denn die Buchstaben und Worte flossen nur so auf

das Blatt Papier. Als er mit Schreiben fertig war, las er, was er zu Papier
gebracht hatte.

Mein alter Teddybär

Ich war zu Haus und suchte was
von Kindheit, ohne Unterlass,
bis ich dich hab´ gefunden.
Und augenblicklich war mir klar,
dass dies das off´ne Fenster war
zu meiner Kindheit Stunden.

So lang saßt du alleine dort,
wo meiner Eltern Heimatort,
in einem kalten Zimmer.
Voll Staub warst du in jenem Eck,
dein alter Pelz ganz voller Dreck,
die Augen ohne Schimmer.

Als Tröster für mein kleines Herz,
als Balsam für den Kinderschmerz,
stets warst du mir willkommen.
Hatte ich Sorgen irgendwie –
- als kleines Kind, da hat man sie –
du hast sie mir genommen.

Du hast die Zeit mit mir verbracht
als mein Begleiter in der Nacht.
Im Bett hast du gesessen.
Wie ich als Mann dann von zu Haus
gezogen bin ins Leben raus –
da hab ich dich vergessen.

Wie schaust du aus, mein alter Freund?
Die Augen hast du ausgeweint,
mein lieber guter Tropf.
Dort, wo die Augen früher Platz
gehabt, hat heute quasi als Ersatz
man angenäht ´nen Knopf.

Die Hände, Füße, ach du Graus,
seh´n wie geflickte Socken aus –
es ist ein wahrer Schreck.
Auch wo du früher trugst dein Fell –
- wie eine Glatze heut´ so hell –
vom Pelz ist alles weg.

Ich nahm dich mit nach Haus zu mir
und stopfte deine Löcher dir.
Ein Körper voller Stroh.
Ich hab´ ein braunes Garn genommen,
auch ein Gesicht hast du bekommen.
Darüber bin ich froh.

Nun bist du wieder hier bei mir.
Mein alter Freund, ich danke dir
für deine lange Treue.
Ich liebe dich noch immerdar
wie damals, als ein Kind ich war,
und ach, wie ich mich freue.

Er staunte. Das sah aus wie ein Gedicht. Da hatte er in der Nacht ein Gedicht geträumt und sich so daran erinnert, dass er es hatte aufschreiben können. Das Tolle daran war, dass es wirklich stimmte. Denn der Beweis lag in Gestalt des *Alten* dort drüben im Bett.

„Heute", murmelte Robert vor sich hin, „heute fahren wir in die Stadt zum Bärendoktor. Der soll dir, mein guter Alter, neue Augen verpassen."

Nachdem Robert mit Köhly auf Gassitour gewesen war, bestiegen sie sofort nach dem Frühstück das Seitenwagen-Motorrad. Der *Alte* hatte in Roberts Rucksack Platz. So fuhren sie los.

Die Sache mit dem Frühstück musste noch geklärt werden. Robert bereitete sich jeden zweiten Tag ein Müsli zu. Darin waren Haferflocken, Rosinen, Nüsse, Joghurt und Apfelstückchen. An den anderen Tagen aß er Butterbrot mit Marmelade. Heute war Marmeladetag gewesen. Was der *Alte* jedoch zum Frühstück wollte, hatte er nicht im Haus. „Am liebsten esse ich Pfannkuchen mit Heidelbeeren", hatte der *Alte* gesagt. „Das hab ich nicht im Haus", hatte Robert geantwortet.

„Wir haben keine Eier, wir haben kein Mehl, wir haben keine Milch und wir haben keine Heidelbeeren. Alles was wir haben, ist Müsli, Joghurt, Brot und Marmelade. Wie sieht es mit Haferflocken aus? Magst du *vielleicht* Haferflocken?"

„Nein, die sind mir viel zu trocken. Zur Not esse ich halt Marmeladenbrot. Aber für morgen müssen wir unbedingt all das einkaufen, was wir nicht im Haus haben."

Der Weg in die nächste Stadt war nicht weit. Acht Kilometer sind ein Klacks. Siebenhundert Kilometer von Hamburg nach Waldulm sind viel weiter. Köhly saß wie immer im Beiwagen. Er hatte Ottos rosarote Skibrille wieder auf. Köhly hatte immer die wichtige Aufgabe, auf das Motorrad aufzupassen, wenn Robert anhielt und zum Einkaufen in einen Laden ging. Man konnte den Zündschlüssel nämlich nicht abziehen und in die Hosentasche stecken. Wenn Köhly im Beiwagen saß, getraute sich kein Gauner, das Motorrad zu stehlen. Köhly würde grimmig mit den Zähnen fletschen, sollte sich ein anderer als Robert auf das Motorrad setzen. Oder er würde dem Gauner die Hose zerreißen. Manchmal wünschte sich Köhly sogar, dass so ein Gauner mal probieren sollte, mit dem Motorrad abzuhauen. Dann würde er richtig Rabatz machen. Allerallermeistens waren aber keine Gauner unterwegs. Na, da hatten die Gauner echt richtig Glück.

Auf dem Weg vom Motorrad bis zum Haus des Bärendoktors waren es ungefähr achtzig Meter zu Fuß. Auf halber Strecke, also bei ungefähr vierzig Metern, entdeckte Robert eine Neonreklame über einer Tür. Darauf stand in gelber Schrift *Barbar*. Das ist neu, dachte Robert. Das war vor zwanzig Jahren noch nicht hier. Was es wohl sein mag? Er hielt an und betrachtete das Haus genauer. Neben der Eingangstür hing ein Schaukasten. Darin hing ein Blatt Papier, auf dem stand *Menükarte*. Ach, das ist bestimmt eins von diesen modernen Fastfood-Restaurants, dachte er. Hier wird es *vielleicht* Hamburger geben und Pommes Frites und Cola und Gummibrötchen. Aber das ist *überhaupt* ein komischer Name für ein Restaurant. *Barbar. Vielleicht* ist der Koch ein Barbar und das Essen schmeckt ähnlich, nämlich barbarisch miserabel. Aber man weiß es nicht, wenn man es nicht selbst ausprobiert hat. Morgen würde er etwas Zeit haben. Das ist eine gute Idee, fand er. Dann kann ich gleich zwei Fliegen mit einer Klappe schlagen. Ich geh´ zur Zeitung und gebe ein Inserat auf: <Erfahrener Architekt baut Puppenhäuser. Adresse und Telefonnummer.> Anschließend konnte er das neue Restaurant besuchen. Dann brauchte er zu Hause nicht extra zu kochen. Genau. So wird´s gemacht. Zufrieden ging er weiter.

Im Flur vor der Arztpraxis hing ein Schild an der Wand: *Dr. Quack Salber. Spezialist für alle Bärenleiden*. Das Wartezimmer beim Bärendoktor war leer. Robert holte den *Alten* aus dem Rucksack hervor. „Bist du aufgeregt? Du bist so merkwürdig still.“

„Schon ein bisschen“, gab der Alte zu. „Schließlich beginnt für mich heute praktisch ein neuer Lebensabschnitt.“

„Musst keine Angst haben“, beruhigte Robert ihn. „Ich bin ja dabei.“

Kaum hatte Robert das gesagt, wurde die Tür zur Praxis geöffnet. Der Bärendoktor kam persönlich ins Wartezimmer und schüttelte Robert die Hand.

„Na, wo ist denn unser Patient?“, fragte er geschäftig.

„Hier“, meldete sich der *Alte* kleinlaut.

„Ah ja“, registrierte der Doktor sofort. „Da seh´ ich gleich, woran es fehlt. Ich hab´ da ein Paar schöne Augen für dich.“

Er öffnete eine Schublade seines Schreibtisches und holte ein rotes Samtbrett mit einer Reihe unterschiedlichster Glasaugen hervor. „Hier haben wir alles, was wir brauchen. Es gibt blaue Augen, grüne Augen,

Katzenaugen und Ziegenaugen. Wir aber brauchen Bärenaugen. Ich schlage vor, dass wir etwas in braun nehmen. Davon haben wir hellbraune Augen, mittelbraune Augen und dunkelbraune Augen. Vielleicht etwas passend zum Fell? Oh pardon, ich sehe, du hast gar kein Fell mehr. Aber trotzdem. Braun passt zu Bären am besten. Was meinst du?"

„Früher", schaltete sich Robert dazwischen, „hatte er dunkelbraune Augen, die Wärme ausstrahlten. Stimmt doch, Alter, oder?"

Der Alte nickte nur stumm. Wärme ist immer gut, dachte er. Mich friert's ziemlich.

Der Bärendoktor nahm mit einer Pinzette ein Paar glänzende Augen vom Samtbrett. „Die, mein ich, würden passen." Er hielt sie dem *Alten* vor's Gesicht.

„Damit siehst du intelligent aus", meinte er.

„Ich brauch nicht intelligent aussehen", moserte der *Alte*. „Ich *bin* intelligent."

„Oh pardon", beeilte sich der Doktor zu versichern. „Selbstverständlich, freilich, wie dumm von mir." <Pardon> war bestimmt ein Lieblingswort von ihm. „Wie wär's dann mit etwas Sportlichem? Hier mit diesen Augen?" Wieder hielt er dem *Alten* die Augen über die Nase.

„Ich bin fast vierzig Jahre alt. Das ist für einen Bär fast schon biblisch alt. Geben Sie mir einfach Augen, mit denen ich den besten Durchblick habe."

„Sofort, wie du wünschst." Der Doktor nahm ein neues Paar in die Pinzette. „Das sind diese hier. Ich hab' sie erst heute Morgen mit der Post bekommen. Dunkelbraun, warm und beste Aussicht. Allerdings sind es auch die teuersten. Wie bist du denn versichert?"

„Ich bezahle *normalerweise* in bar", sagte Robert, dem das Hin und Her schon zu lange dauerte.

„Ach so! Sagen Sie das doch gleich", meinte da der Doktor versöhnlich.

Es dauerte keine halbe Minute, um dem *Alten* die Knöpfe, die er als Augen getragen hatte, abzuschneiden. Für einen kurzen Moment war er total blind.

„Robert", fragte er ängstlich, „Robert?"

Der hielt ihm die Pfote und sagte: „Gleich hast du's überstanden."

Dann setzte ihm der Doktor die neuen Augen ein und vernähte sie wieselflink mit Nadel und Faden. Das tat überhaupt nicht weh. Plötzlich fing der Alte an zu rufen: „Aaaaah, aaaah, aaaah, ist das hell hier. Ooooh,

oooh, oooh, wie ist jetzt alles so klar. Booooaaaah Mann, ist das der Hammer. Schau dir das an, ist das scharf. Rabbeldibabbeldizupf ist das die Mööööglichkeit."

Der *Alte* war völlig aus dem Häuschen geraten. Robert drückte dem Doktor einen Geldschein in die Hand und verabschiedete sich mit dem *Alten*.

Draußen auf der Straße benahm sich der *Alte* wie ausgewechselt. Er rief wildfremden Menschen zu und hinterher: „Hey, ich seh´ dich, ich seh´ dich." Oder: „Man sieht sich, okay?" Oder auf Englisch: „See you later, alligator." Dann wieder: „Was guckst du?" Oder: „Hast du ein Brett vor den Augen, oder was?" Bei einer netten Frau: „Hey, ich hab´ ein Auge auf dich geworfen, Schatz."

Robert beeilte sich, rasch zum Motorrad zu kommen, bevor sie noch mehr auffielen. Er startete den Motor und donnerte schnell aus der Stadt.

Der *Alte* sang auf der ganzen Strecke das Seemannslied: „Ick hev mol en Hamburger Veermaster seen". Nachdem Robert ihn zu Hause abgesetzt hatte, fuhr er mit Köhly weiter zum Einkaufen in den Supermarkt. Bald war er eingedeckt mit Milch, Eiern, Mehl und Heidelbeeren im Glas. An der Kasse hatte er noch einen Einfall. Er ging zurück zwischen die Regale. In kurzer Zeit hatte er gefunden, was er wollte. Es sollte eine Überraschung sein. Nämlich Honig.

Nachdem sie einigen Minuten zu Hause waren, kam ihm Kitty mit empörter Miene entgegen. „Was ist dir denn über die Leber gelaufen?", fragte Robert teilnahmsvoll.

„Tss, dieser Schnösel, dein neuer Freund, hat mich tatsächlich gefragt, ob ich mit ihm kuscheln will. Das ist äußerst unanständig. Schließlich bin ich eine Katzendame und keine Bärendame. Das ist ein Unterschied."

„Aber Kitty, hab´ ein wenig Verständnis. Er hat gerade erst neue Augen bekommen und sieht die Welt plötzlich neu. Er befindet sich in einem Freudentaumel.

„Freudentaumel?", schniefte Kitty beleidigt. „Er hat seine schönen neuen braunen Augen schneller wieder los, als ihm lieb ist. Noch einmal so ein Benehmen, und ich kratz sie ihm glatt wieder aus."

„Aber Kitty", versuchte es Robert, „du bist aber auch zum Anbeißen süß."

Wie vom Donner gerührt, wie vom Schlag getroffen, blieb Kitty stehen. „Du bist kein bisschen besser als dein neuer Freund. Ihr ödet mich sooo an." Sprach´s, und stolzierte beleidigt davon.

Zum Abendessen wollte Robert Heidelbeerpfannkuchen backen. Er hatte gerade Mehl und zwei Eier in eine Schüssel gegeben. Da klingelte das Telefon. Nanu, dachte Robert. Es ist fünf Uhr am Nachmittag. Wer kann das sein? Er nahm den Hörer ab und sagte: „Hier ist Robert in Waldulm."

„Und hier ist Iwan aus Moskau in Russland."

„Hallo Iwan, das ist eine Überraschung."

„Ja", sagte Iwan. „Das finde ich auch. Danke, dass du mir eine Postkarte mit deiner neuen Telefonnummer und deiner neuen Adresse geschickt hast."

„Das ist doch ganz normal, Iwan", sagte Robert. „Wenn man umzieht, schickt man seinen Freunden eine Postkarte mit der neuen Telefonnummer und der neuen Adresse. Du musst doch wissen, wo ich wohne."

Robert hatte Iwan vor fünf Jahren in Moskau kennen gelernt. Weil Robert ein sehr guter Innenarchitekt von Kabinen für Passagierschiffe war, konnte er auch sehr gut eine Schlafkabine für einen Eisenbahnwagen planen und bauen.

Es gibt einen Eisenbahnzug, der von Moskau nach Sibirien in Russland fährt und danach noch weiter bis nach China. Für die ganze Reise braucht man sechs Tage. Wenn der Präsident von Russland mal von Moskau nach Sibirien reisen musste, dann nahm er manchmal den Zug. Nicht immer, aber manchmal. Wenn der Zug durch die Nacht fuhr und der Präsident schlafen wollte, ging er in seine eigene Schlafkabine. Genau diese Schlafkabine hatte Robert vor fünf Jahren gebaut. Der Wagen mit der Schlafkabine hatte wegen des Umbaus auf einem extra Gleis im Bahnhof von Moskau gestanden. Neben dem Gleis stand eine kleine Hütte mit bloß einem Fenster und einem dicken Kamin. In Moskau kann es sehr kalt werden. Darum brauchte man ganz dicke Kamine. In der kleinen Hütte wohnte Iwan ganz allein.

Iwan arbeitet für die russische Eisenbahngesellschaft. Er ist ein Wagenmeister. Ein Wagenmeister ist ein Mann, der die Eisenbahnräder untersucht. Bevor ein Zug auf die Reise geht, müssen die Räder untersucht werden. Sie könnten nämlich nicht ganz rund sein. Eisenbahnräder müssen immer ganz rund sein. Das macht Iwan mit einem Hammer. Der Hammer hat einen langen Stiel aus Holz. So muss er sich nicht bücken, wenn er mit ihm auf die Räder des Zuges klopft. Wenn Iwan auf ein Rad klopft und ein Ton so hell wie eine Glocke ertönt, dann ist das Rad gesund und rund. Tönt es aber wie ein verbeulter und rostiger leerer Blecheimer, dann ist das Rad nicht gesund und nicht ganz rund. Dann darf der Zug nicht abfahren. Der Wagen mit dem Blecheimer-Rad muss gegen einen Wagen mit gesundem Glockenton-Rad ausgetauscht werden.

Als Robert an dem Schlafabteil für den russischen Präsidenten arbeitete, hatte Iwan ihn zu einer Kascha in sein kleines Häuschen eingeladen. Kascha ist eine russische Leibspeise. In Deutschland kennt man die ebenfalls, heißt hier aber Grützebrei. Weil die Kascha so gut geschmeckt hatte, sind Iwan und Robert Freunde geworden.

Als Iwan und Robert sich kennen gelernt hatten, war Robert aufgefallen, dass Iwan beim Sprechen schrecklich stotterte. Darum nannten ihn böse Kollegen Iwan, der Schreckliche. Jetzt am Telefon hörte Robert überhaupt kein Stottern mehr.

„Iwan", sagte Robert darum, „du stotterst *überhaupt* nicht mehr. Was ist passiert?"

„Ich war auf einer Sprachschule", erwiderte Iwan stolz. „Mein Stottern ist ganz weg. Nur wenn ich Wü … Wü… Wüstenspringmaussportschuhschnürsenkel sagen will, dann stottere ich noch."

„Aber Iwan", meinte Robert froh. „Du brauchst doch das Wort Wüstenspringmaussportschuhschnürsenkel in deinem ganzen Leben nicht."

„Ganz genau, Robert." Iwan jubelte am Telefon. „Ich brauch das Wort Wü … Wü … Ich brauch es nicht. Ich bin geheilt."

„Das freut mich riesig, Iwan. Warum rufst du *eigentlich* an?"

„Ach so. Pass auf", sagte Iwan. „Ich wohne in dem kleinen Haus an dem Extragleis. Du weißt, wo das ist. Und du wohnst jetzt in einem großen Haus mit vielen Zimmern. Ich hab´ da gestern etwas erlebt. Das glaubst du nicht."

Und dann erzählte der Iwan dem Robert die Geschichte. Robert konnte sie kaum glauben. Wegen der unglaublichen Geschichte musste Robert morgen an den Flughafen nach Frankfurt fahren. *Eigentlich* hatte er morgen zur Zeitung fahren und ein Inserat aufgeben wollen. Und er hatte *eigentlich* in dem neuen Restaurant mit dem komischen Namen *Barbar* essen wollen. *Normalerweise* hätte er das gemacht. Wenn er jedoch genau überlegte, konnte er die Zeitung und das Essen um einen Tag verschieben. Was er von Iwan am Telefon gehört hatte, war wirklich sehr sehr wichtig.

„*Vielleicht* kannst du uns mal besuchen. Ich lade dich ein."

„Ja, das mach ich gern", freute sich Iwan über die Einladung. „Ich schick dir vorher eine Postkarte."

„Prima, Iwan. Dann adieu. Das mit dem Flughafen in Frankfurt geht klar."

Robert kümmerte sich nach dem Gespräch wieder um die Heidelbeerpfannkuchen. Er goss Milch in die Schüssel und schüttete dann Heidelbeeren dazu und seine Spannung auf morgen wuchs. Ich werde Köhly mitnehmen. Der war noch nie an einem Flughafen. Der wird staunen.

Zehn Minuten später hatte Robert sieben Heidelbeerpfannkuchen gebacken. Er rief: „Alter, komm bitte zu Tisch. Die Heidelbeerpfannkuchen sind fertig."

Der *Alte* kam wie ein geölter Blitz. Er stürzte sich auf die Pfannkuchen und aß fünf Stück nacheinander. Die übrigen zwei ließ er Robert. Das war recht freundlich von dem *Alten*.

Kapitel 3

Blizz und *Grizz*

Der Flughafen von Frankfurt ist riesengroß. Wer nicht genau weiß, wo er hin muss, verläuft sich bestimmt. Robert wollte sich nicht verlaufen und fragte an einem Schalter. Über dem hing ein Schild: *INFORMATION*. „Guten Morgen, Beate. Ich heiße Robert. Ich muss dorthin, wo Flugzeuge aus Moskau ankommen, bitte."

„Das ist nicht einfach", sagte Beate, die an dem Schalter arbeitete. Sie trug ein dunkelblaues Kostüm. Dass sie Beate hieß, las Robert von ihrer Jacke ab. Dort stand ihr Name mit rotem Faden gestickt. Das hat *vielleicht* ihre Mutter gestickt, dachte Robert. Mütter tun manchmal sowas.

Beate drückte ihm einen Plan vom Flughafen in die Hand. „Schauen Sie, Robert. Hier, wo ich einen Kringel auf den Plan zeichne, kommen die Flugzeuge aus Moskau an. Und hier, wo ich ein Kreuz zeichne, ist unsere *INFORMATION*."

„Mit dem Plan ist es *überhaupt* nicht schwer", freute sich Robert und bedankte sich. „Darf ich Köhly mitnehmen?"

„Wer ist denn Köhly?", fragte Beate.

„Ach, entschuldigen Sie. Das können Sie ja nicht wissen. Köhly ist mein Hund."

Robert hatte Köhly ins Flughafengebäude mitgenommen. *Normalerweise* musste Köhly auf das Motorrad aufpassen, wenn Robert wegging. Heute war aber kein normaler Tag. Ein Tag an einem großen Flughafen war immer etwas Besonderes. Robert hatte darum seinen Motorradhelm über den Zündschlüssel gestülpt. So konnte kein Gauner den Schlüssel sehen und denken, <prima, das Motorrad kann ich stehlen>. Und Köhly konnte mit Robert ruhigen Gewissens den Flughafen anschauen.

Sie waren gestern Abend ganz früh ins Bett gegangen und heute Morgen ganz früh aufgestanden. Der *Alte* schlief noch, als Robert Marmeladebrot zum Frühstück aß. Bevor er mit Köhly aus dem Haus ging, legte er dem *Alten* einen Zettel auf den Tisch: „Bin mit Köhly zum Flughafen. Heidelbeerpfannkuchen gibt es heute Abend. Bis bald. Robert." Dann ging's los auf die Autobahn. Natürlich flogen ihnen wieder viele Fliegen an die Schutzbrille und in die Nase und in den Mund. Daran will man sich gar nicht gewöhnen. Doch von Waldulm nach Frankfurt zum Flughafen ist es nur halb so weit wie nach Hamburg.

Von der *INFORMATION* aus suchten sich Robert und Köhly den Weg zur Dachterrasse. Für Köhly war alles sehr neu. Er war zum Beispiel noch nie mit einer Rolltreppe gefahren. Ohne Robert hätte er sich nicht getraut. Er hatte Angst, er könnte sich den Schwanz einklemmen. All seine Befürchtungen waren vergessen, als er von der Dachterrasse aus die vielen Flugzeuge sah. Einige standen am Boden und wurden beladen. Einige kamen angeflogen und landeten gerade. Einige rollten zur Startbahn, von wo aus sie in die Luft flogen.

Nach einer Stunde gingen sie mit dem Plan von Beate in der Hand dorthin, wo sie einen Kringel hingezeichnet hatte. *ANKUNFT* stand in riesigen Buchstaben an einer Wand. „Hier sind wir *eigentlich* richtig", sagte Robert. „Wir müssen auf eine Stewardess achten, die ein Bündel Bettwäsche auf dem Arm trägt. *Normalerweise* tragen Stewardessen keine Bettwäsche durch die Gegend. Nur eine einzige, und die ist dann unsere."

„Was ist denn eine Stewardess?", fragte Köhly neugierig.

„Eine Stewardess ist eine Frau wie Beate von der *INFORMATION*. Sie hat meistens dunkelblaue Kleider an und ein Käppi auf dem Kopf. Allerdings arbeitet sie nicht im Flughafen, sondern im fliegenden Flugzeug. Sie bringt den Flugpassagieren das Essen und die Getränke an den Platz. Sie zeigt ihnen auch, wo die Toiletten im Flugzeug sind. Und wenn das Flugzeug gelandet ist, sagt sie den Passagieren Aufwiedersehen."

„Schau mal, Robert, dort kommt eine Frau mit Bettwäsche. Ob sie das ist?"

„Du hast gute Augen, Köhly. Ich werde ihr mal winken."

Tatsächlich wurde die Stewardess auf Robert und Köhly aufmerksam. Sie wirkte ganz freundlich. „Sind Sie Robert aus Waldulm?", fragte sie erleichtert.

„Ja, das bin ich", sagte Robert. „Und das ist Köhly, mein Hund."

„Liebe Grüße von Iwan aus Moskau. Sie wissen ja schon, was er Ihnen schickt. Nehmen Sie mir bitte das Bündel Bettwäsche ab. Es ist ganz schön schwer. Vorsichtig aber. Die beiden sind sehr erschöpft."

Robert nahm behutsam das Wäscheknäuel entgegen. Er hob einen Zipfel der Bettwäsche an und schaute gespannt darunter. Zwei kleine, wollige

Geschöpfe kamen zum Vorschein. Vier kugelrunde, dunkle Augen blickten ihn ängstlich an. Robert spürte, wie das Bündel zitterte. „Die haben große Angst", sagte Robert zu der Stewardess. Dann beugte er sich zu Köhly hinunter und ließ ihn in das Bündel blicken. Die beiden Wesen darin hielten sich fest umklammert. „Das sind Blizz und Grizz. Schwester und Bruder. Es sind echte Bären aus Alaska." „Mein lieber Scholli", sagte Köhly. „Das ist aber aufregend."

Robert bedankte sich herzlich bei der Stewardess. „Ich werde Iwan anrufen und ihm sagen, wie gut alles geklappt hat. Vielen Dank."

Sie verpackten *Blizz* und *Grizz* vorsichtig und gaaanz behutsam in Roberts Rucksack. „Es ist bald vorbei", versuchte Robert sie zu trösten. Und dann fuhren sie zu viert mit dem Motorrad zurück nach Waldulm.

Blizz und *Grizz* hielten sich immer noch fest umschlungen, als Robert in Waldulm den Rucksack öffnete. Sachte setzte Robert sie an den Küchentisch.

„Ihr habt bestimmt großen Hunger", sagte Robert. Die zwei Kleinen nickten heftig mit dem Kopf. „*Vielleicht* habt ihr sogar großen Bärenhunger. Dann werd´ ich gleich mal einen Berg Heidelbeerpfannkuchen backen. Ihr mögt doch Heidelbeerpfannkuchen?" Wieder nickten die beiden. „Vorher mach ich euch aber mit meinem Freund bekannt."

Robert holte den *Alten* aus dem Schlafzimmer und wickelte ihn in ein flauschiges Handtuch. Schließlich sollten ihn die Kleinen nicht ganz nackt sehen. Als er den *Alten* jedoch zu *Blizz* und *Grizz* an den Tisch setzte, fingen sie an zu zittern und zu weinen. „Was habt ihr denn?", fragte Robert besorgt. „Der Alte ist doch ein Bär wie ihr?"

„Aber er ist ein alter Bär", schniefte *Blizz,* „und unsere Mutter hat gesagt, wir sollen uns vor alten Bären in Acht nehmen."

„Ja", jammerte *Grizz.* „Alte Bären können Bärenkinder nicht leiden und wollen sie fressen."

„Holla, was ihr nicht sagt", staunte Robert nicht schlecht. Aber er freute sich, dass die zwei *überhaupt* reden konnten. „Ist das wirklich so?"

„Jawohl, das ist so", bestätigte *Blizz.* „In Alaska müssen die Bärenkinder sehr aufpassen, wenn sie mit den alten Bären im Fluss Fische fangen. Die alten Bären sind nämlich neidisch. Sie meinen, die Bärenkinder würden ihnen die Fische wegfressen. Darum bleiben die Kinder immer bei ihrer

Mutter. Eine Bärenmutter lässt sich von einem alten Bär nichts gefallen. Sie verteilt ein paar saftige Ohrfeigen. Patsch, da und da, patsch, und so und so, patsch. Das gefällt den alten Bären gar nicht."

„Aber ihr zwei seid einmal nicht bei eurer Mutter geblieben. Iwan aus Moskau hat mir das erzählt." Das hätte Robert *vielleicht* besser nicht gesagt. *Blizz* und *Grizz* fingen nämlich gleich wieder an zu weinen.

„Mama", schluchzten sie. „Mama."

„Wisst ihr was? Jetzt gibt es erstmal Heidelbeerpfannkuchen. Die werden euch schmecken. Und schaut euch doch mal meinen Freund, den Alten, an. Der hat kein Fell und kaum noch Zähne. Vor dem braucht ihr keine Angst zu haben. Gell, Alter?"

Der Alte brummelte mit seiner allerfreundlichsten Stimme: „Robert hat recht. Ich tu´ euch bestimmt nichts. Ich freue mich riesig, dass ich jetzt nicht mehr alleine bin."

„Seht ihr", lachte Robert. „Er ist ganz harmlos. Und nach den Heidelbeerpfannkuchen machen wir ein Foto von euch, schreiben eine Postkarte und schicken sie zu eurer Mama nach Alaska. Dann sieht sie, dass es euch gut geht. Habt ihr die Adresse von eurem Zuhause?"

„Ja, die haben wir", antwortete *Grizz*. „Am großen Fluss, dritte Biegung, vor dem Wasserfall, linkes Ufer, Mama in Alaska."

„Nein, das stimmt nicht", rief *Blizz*. „Es ist das rechte Ufer. *Grizz* verwechselt immer links und rechts."

„Das ist ja wunderbar", meinte Robert. „Wenn wir uns dann alle satt gegessen haben, erzählt ihr uns eure Geschichte. Abgemacht?"

So wurde es gemacht. Robert buk siebzehn Heidelbeerpfannkuchen. Das ist ein ganzer Berg. Oder ein richtiger Heidelbeerpfannkuchenturm. Damit der Turm nicht umfallen konnte, stützte er die Pfannkuchen links und rechts und vorne und hinten mit je einer Gabel. *Blizz* aß fünf Pfannkuchen. *Grizz* aß fünf Pfannkuchen, und der *Alte* aß ebenfalls fünf Pfannkuchen. Für Robert blieben nur zwei. Aber das machte Robert nichts aus. Nur musste er morgen wieder Milch, Eier, Mehl und Heidelbeeren kaufen.

Mit vollem Bauch begannen *Blizz* und *Grizz* ihre Geschichte zu erzählen.

Einmal im Jahr, immer um die gleiche Uhrzeit, schwimmen die Lachse aus dem Meer den Fluss in Alaska hinauf. Lachse sind ziemlich große Fische.

Alle Bären in Alaska wissen das. Der älteste Bär schaut auf seine Uhr und ruft dann den anderen Bären zu: Es ist Zeit. Die Lachse kommen. Dann laufen alle Bären zum Fluss. Die alten Bären stellen sich oben am Wasserfall auf. Dort springen ihnen die Lachse direkt ins Maul.

Bärenmütter mit den Bärenkindern dürfen dort nicht hin. Sonst werden die alten Bären sehr neidisch. Bärenmütter und ihre Kinder treffen sich nach der dritten Biegung mitten im Fluss. Dort ist das Wasser flach und den Müttern reicht das Wasser nur bis zum Bauch. Die Bärenkinder müssen am Ufer warten. Wenn eine Bärenmutter einen Lachs gefangen hat, bringt sie ihn zu ihren Kindern. Lachs ist die Leibspeise Nummer eins bei den Bären. Sie schmecken noch besser als Heidelbeerpfannkuchen.

Blizz und *Grizz* warteten am Ufer darauf, dass ihre Mutter einen Lachs zum Fressen bringen würde. Da geschah es, dass ein Lachs ganz nah bei *Grizz* vorbei schwamm. Das war die Gelegenheit. *Grizz* machte einen Satz vom Ufer ins Wasser und mittendrauf auf den Lachs. „Ich hab ihn, ich hab ihn", schrie *Grizz*. Der Lachs war sehr erschrocken. Auf der Stelle drehte er im Wasser um und schwamm zurück, den Fluss hinunter Richtung Meer. „Ich hab ihn, ich hab ihn", schrie *Grizz* wieder. Er hatte sich an der Rückenflosse des Lachses festgehalten und wurde mitgezogen. *Blizz* hatte alles beobachtet. „Lass los, lass los", rief sie laut. „Lass los, lass los!" Da war der Lachs mit *Grizz* auf dem Rücken schon ein Stück geschwommen. *Blizz* lief am Ufer nebenher. „Lass los, lass los", schrie sie immer wieder. „Nie im Leben", schrie *Grizz* zurück. „Das ist mein erster selbstgefangener Lachs. Nie im Leben lass ich los!"

Was sollte *Blizz* bloß tun? Sie wollte nicht ohne ihren Bruder sein. Da nahm sie Anlauf und vollführte einen weiten Sprung. Sie landete im Fluss und obendrauf auf *Grizz,* der obendrauf am Lachs hing. „Lass los", rief sie wieder. „Ich kann unsere Mama nicht mehr sehen." Und das stimmte. Der Lachs war schon um die dritte Biegung des Flusses geschwommen. Bald würde die zweite Biegung kommen, und dann die erste, und dann kam nichts mehr. Nur noch das weite, riesige Meer.

„Nein, ich lass nicht los", schrie *Grizz*. Er blieb stur wie ein störrischer Esel. Als der Lachs das weite riesige Meer erreicht hatte, tauchte er unter Wasser, und nun musste *Grizz* endlich loslassen. Er konnte unter Wasser

nämlich nicht atmen wie ein Fisch. Sie waren mitten auf dem Meer. Ihre Mutter war weit weg. Bestimmt suchte sie ihre Kinder schon.

Plötzlich entdeckte *Blizz* ein Schiff. Wenn das Schiff sie retten würde, müssten sie nicht im Meer ertrinken. Darum rief sie laut und lauter: „Hierher, hierher, Bär über Bord!" *Normalerweise* ruft man <Mann über Bord>, wenn ein Mann von einem Schiff ins Wasser geplumpst ist. Darauf konnte *Grizz* nun jedoch keine Rücksicht nehmen. Sie rief: „Bär über Bord!"

Ein Schiffsmatrose hörte die jämmerlichen Hilferufe. Er sagte zu seinem Kapitän: „Ay,Ay Käpt´n. Da ruft jemand um Hilfe." Der Kapitän sagte sofort zum Steuermann: „Maschinen stopp." Der Steuermann sagte sofort: „Ay,ay, Käpt´n." Dann wurde ein Netz ins Meer geworfen. *Blizz* und *Grizz* wurden mit dem Netz wie Fische aus dem Wasser gefischt.

„Na, wen haben wir denn da?", fragte der Kapitän. „Das sind *vielleicht* lustige Fische. Steuermann, sofort umdrehen und nach Hause nach Wladiwostok."

„Ay,ay, Käpt´n", sagte der Steuermann, und drehte mit dem Schiff um. „Volle Kanne voraus. Ääh – Volle Kraft voraus."

Der Kapitän sagte zum Matrosen: „Wenn wir in Wladiwostok sind, werden wir die komischen Fische an den Zirkus verkaufen. Die sind viel Geld wert."

Als *Blizz* und *Grizz* das hörten, wurde ihnen ganz schlecht. Zum Zirkus? Verkaufen? Ohje, ohje.

Das Schiff fuhr in den Hafen von Wladiwostok ein. Das ist eine Stadt in Russland. Die liegt von Waldulm mindestens genauso weit entfernt wie Neuseeland. *Grizz sagte zu Blizz:* „Sobald das Schiff im Hafen ist, hauen wir ab."

„Wie sollen wir das machen?", fragte *Blizz* ängstlich.

„Ganz einfach. Wir rutschen an einem dicken Seil vom Schiff hinunter auf die Erde. Dann laufen wir schnell weg und verstecken uns."

„Und unsere Mama?" *Blizz* weinte vor lauter Heimweh.

„Die werden wir bestimmt wiedersehen." *Grizz* war sich ganz sicher.

Gerade als der Matrose und der Kapitän und der Steuermann nicht hersahen, rutschten *Blizz* und *Grizz* an einem dicken Seil vom Schiff auf die Erde. Dann liefen sie rasch hinter ein paar Kisten. In einem Hafen stehen immer einige Kisten herum. Als sie vom Schiff aus nicht mehr gesehen wurden, gingen sie Hand in Hand in die Stadt. „Ich hab´ Hunger", sagten sie beide gleichzeitig, und weil sie zur selben Zeit den gleichen Hunger hatten, mussten sie lachen.

Sie kamen nach einem halben Kilometer an einen Bahnhof. Dort stand ein langer, langer Zug. „Komm", rief Grizz, „wir steigen in den letzten Wagen und fahren mit der Eisenbahn. Das wollte ich schon immer mal."

Sie kletterten in den letzten Wagen. Drinnen lag Stroh, und da legten sie sich drauf. Kaum lagen sie auf dem Stroh, ging ein Ruck durch den Zug, und er fuhr ab. Der Zug fuhr, und der Zug fuhr, und fuhr und fuhr, und wollte gar nicht mehr anhalten. Es wurde Nacht und wieder Tag, und der Zug fuhr und fuhr.

Es wurde wieder Nacht und wieder Tag, und der Zug fuhr immer noch. Er fuhr am Baikalsee entlang, dann durch Sibirien, dann am Ural-Gebirge vorbei. Tag und Nacht und wieder Tag. Plötzlich bremste der Zug. *Blizz* schaute zur Wagentür hinaus. Sie sah ein Schild, darauf stand: MOSKAU. Sie schaute am Schild vorbei und dachte, dass sie auf einem Extra-Gleis angehalten hatten. Neben dem Gleis stand eine kleine Hütte mit nur einem Fenster und einem dicken Kamin. Hier muss es sehr kalt werden, dachte sie. Der Kamin ist so dick.

Dann sah sie einen Mann aus der kleinen Hütte kommen. In der Hand trug er einen Hammer mit einem langen Holzstiel. Mit dem Hammer schlug er auf die Eisenbahnräder, ohne sich zu bücken. Die Räder klangen hell wie Glockentöne. Nur einmal hörte es sich an wie ein verbeulter, rostiger leerer Mülleimer.

Der Mann kam immer näher zu ihrem Wagen. Da fasste *Blizz* all ihren Mut zusammen und rief: „Hier sind wir. Wir haben Hunger."

Tatsächlich blieb der Mann stehen und fragte: „Wer hat hier gerufen?"

Blizz antwortete: „Wir sind hier im letzten Wagen. *Grizz* und *Blizz*. Wir haben Hunger."

„Das trifft sich gut", sagte der Mann. „Das ist heute für mich sowieso der letzte Wagen, dem ich auf die Räder klopfen muss. Dann hab´ ich Feierabend. Kommt ´raus aus dem Wagen. Ich habe feine Kascha gekocht. Ich heiße übrigens Iwan."

„Das ist typisch Iwan", meinte Robert. „Er hat immer eine heiße Kascha auf dem Herd. Und? Hat's euch geschmeckt?"

„Ach, weißt du Robert", antwortete *Blizz*, „wenn man so einen richtigen Bärenhunger hat, schmeckt einem alles."

„Woher habt ihr *eigentlich* eure Namen?"

„Als wir geboren wurden, tobte gerade ein Blizzard. So heißen Schneestürme in Alaska. Deswegen ist unser Fell auch so hell. *Blizz* von Blizzard, verstehst du? Und *Grizz* kommt von Grizzly. Das kannst du dir ja denken."

Kapitel 4

Phil

Robert hatte mit den drei Bären beschlossen, dass es Heidelbeerpfannku-chen nur abends gab. Sonst käme er aus dem Heidelbeerpfann-kuchenbacken *überhaupt* nicht mehr heraus. Morgens gab es Marmelade-brot.

Nach dem Frühstück am nächsten Tag fuhr Robert mit Köhly in die Stadt. Er musste endlich das Zeitungsinserat aufgeben. Wie sollten die Leute sonst erfahren, dass er Puppenhausarchitekt war? Als er das erledigt hatte, fuhr er weiter zum Baumarkt. Um Puppenhäuser bauen zu können, brauchte er Holz.

Er bestellte dort Holzplatten in verschiedener Dicke. Für die Außenwän-de brauchte er dickes, für die Innenwände dünnes Holz. Um das Holz bearbeiten zu können, musste er eine Sägemaschine haben. Er ließ sich darum von einem Fachmann des Baumarkts beraten. Robert kaufte dann eine Maschine, mit der er Holzplatten absägen und Löcher daraus aussägen konnte. Die Maschine war nicht billig. Dafür würde ihm der Baumarktlie-ferdienst alles gratis nach Hause bringen.

Nach all dem bekam er wieder Hunger. Er fuhr zurück in die Stadt und hielt direkt vor dem Restaurant mit dem Namen *Barbar*.

Neben der Eingangstür studierte er die Menükarte im Schaukasten. Darauf standen zwei Menüs. Menü eins: „*Gaure Surken*". Menü zwei: „*Sezelbruppe*".

Robert stand ratlos da. Von solchen Menüs hatte er noch nie gehört.

Köhly musste draußen bleiben, aber er durfte hinein.

Da staunte Robert nicht schlecht, als er in dem Restaurant war. Hinter der Theke stand der Wirt. Er war ein Teddybär. Rechts daneben spielten zwei Tischfußball. Es waren Teddys. Dahinter standen zwei an einem Billardtisch: Teddybären. Was war denn hier los?

„Was ist denn hier los?", fragte Robert den Wirt. „Ist das Restaurant nur für Teddybären?"

„Nicht nur", sagte der. „Aber andere Leute kommen höchst selten. Du bist der erste Nichtbär seit drei Jahren."

„Es ist ein seltsamer Name für ein Restaurant: *Barbar*. Woher kommt das?"

„Jaja", brummte der Wirt. „Es ist ärgerlich. Es muss richtig *Bärbar* heißen. Aber leider sind die Ä-Striche kaputt gegangen."

„Ach so ist das", nickte Robert. „Sag´ mal, wer hat denn die merkwürdige Menükarte geschrieben?"

„Das war *Horatius,* der Koch. Warum? Stimmt was nicht?"

„Naja, wie man´s nimmt", lächelte Robert. „Kann ich hier was zu essen bekommen?"

„Wir haben aber nur Saure Gurken. *Horatius* ist heute nicht da."

„Mir dreht sich gleich der Magen um", stöhnte Robert leise. Laut sagte er: „Dann nehm´ ich nur was zu trinken." Robert sah sich um. Links neben der Theke war an einem Tisch ein Stuhl frei. „Ich setz´ mich dort links zu dem Bär an den Tisch."

Robert ging hin und fragte, ob er sich dazu setzen dürfe. Der Bär nickte schweigend. Der Wirt brachte Robert ein Glas mit einem Getränk.

„Was ist das denn?"

„Saure-Gurken-Saft."

„Hast du nichts anderes?"

„Es gibt noch Milch mit Honig. Vom Saure-Gurken-Saft habe ich aber mehr."

„Bring´ mir bitte Milch mit Honig."

„Wenn´s denn sein muss", schniefte der Wirt und ging hinter die Theke.

Vor dem Bär stand eine Schale mit Sauren Gurken. Er nahm eine der Gurken und biss hinein. Der Bär verzog angewidert das Gesicht. Dann trank er einen Schluck aus einem Glas mit einer wässrigen Flüssigkeit. Danach schüttelte es den Bär am ganzen Körper.

„Was trinkst du denn da? Etwa Saure-Gurken-Saft?", fragte Robert neugierig.

„Genau so ist es."

„Igitt", rief Robert aus. „Da krieg ich glatt ´ne Gänsehaut."

„Was denkst du denn, was ich davon kriege?"

Der Wirt brachte Robert ein Glas Milch. „Der Honig ist leider ausgegangen", sagte er bedauernd. „Ich hätte auch noch Milch mit Marmelade, aber auch die Marmelade ist ausgegangen."

„Macht nix", meinte Robert. „Trinke ich halt Milch mit Honig ohne Honig." Dann wandte er sich wieder seinem Tischnachbarn zu. „Aber warum isst du Saure Gurken und trinkst Saure-Gurken-Saft?"

„Ach, mir ist alles verleidet", sagte der Bär traurig.

„Interessant", sagte Robert. „Erzähl´! Ich höre zu."

„Ach", brummte der Bär, „es macht alles keinen Spaß."

„So schlimm wird´s schon nicht sein. Na komm. Ich heiße Robert."

„Ich heiße Phil. Ich bin Kaufmann, ich bin Wissenschaftler und ich bin Philosoph. Ich verkaufe Zeit, darum bin ich Kaufmann. Ich wiege die Zeit, darum bin ich Wissenschaftler. Und ich denke über die Zeit nach, deswegen bin ich Philosoph."

„Aber ist das nicht zu viel für dich? Das sind drei Berufe auf einmal."

„Das ist es nicht", sagte *Phil*. „Aber irgendwas mache ich falsch. Ach, ich habe einfach keine Lust mehr." Er biss wieder in die Gurke, dass ihm Tränen in die Augen stiegen.

„Du verkaufst Zeit. Wie machst du das?"

„Wenn ich dir das sage, dann willst du bestimmt ebenfalls Zeit verkaufen."

„Sicher nicht", beruhigte ihn Robert. „Ich verkaufe Puppenhäuser."

„Na gut, ich glaube dir. Ich baue einen Verkaufsstand am Markt auf. Ich habe meinen Wecker und Papiertüten dabei. Und ich habe ein Schild. Darauf steht, was die Zeit bei mir kostet."

„Toll. Und was kostet die Zeit?"

„Zehn Sekunden kosten zehn Cent. Eine Minute kostet fünfzig Cent. Fünf Minuten kosten zwei Euro, und eine Stunde kostet zehn Euro."

„Und wie machst du es dann?"

„Hör zu", flüsterte *Phil* hinter vorgehaltener Pfote. „Ich stelle den Wecker in eine der Papiertüten. Wenn zehn Sekunden vorbei sind, hole ich den Wecker wieder raus und wickle die Tüte oben rasch zu. Dann sind zehn Sekunden drin."

„Phantastisch."

„Nicht wahr? Und wenn einer fünf Minuten will, dann stell ich den Wecker in eine Tüte. Ich warte, bis fünf Minuten um sind, zieh´ den Wecker wieder raus und mach die Tüte zu. Was sagst du jetzt?"

„Das ist genial. Dass ich da nicht selber drauf gekommen bin!"

„Sag´ ich doch. Aber es funktioniert nicht. Keiner will meine Zeit. Es scheinen alle genug Zeit zu haben. Dabei heißt es immer <keine Zeit, keine Zeit>."

„Stimmt *eigentlich. Normalerweise* müsstest du richtig reich sein. Und wie wiegst du die Zeit?"

„Im Prinzip genauso. Ich fülle eine Tüte mit zehn Sekunden oder mit fünf Minuten. Je nachdem. Dann stelle ich die abgefüllte Tüte auf eine Waage. Aber es klappt nicht."

„Warum klappt es nicht?"

„Die Waage zeigt kein Gewicht an. Nur das Gewicht von der Tüte. Dabei müsste die Tüte schwerer werden. Zeit hat doch garantiert ein Gewicht."

„Natürlich hat Zeit ein Gewicht", stimmte Robert sofort zu. „Ich hatte schon schwere Zeiten im Leben. Zum Beispiel als ich kein Architekt von Passagierschiffskabinen mehr sein konnte. Die Zeit war schwer."

„Und? Hast du die schwere Zeit gewogen? Wog sie ein Pfund oder ein Kilo?"

„Daran hab´ ich damals *überhaupt* nicht gedacht."

„Siehst du", sagte *Phil* eifrig. „Siehst du. Ich bin der Einzige, der an so eine wichtige Sache denkt. Ach, ich hab´ keine Freude mehr am Beruf."

„Das versteh´ ich gut", sagte Robert. „Wie denkst du als Philosoph über die Zeit nach?"

„Das ist das Schwierigste. Das kann nicht jeder. Ich denke über die Zeit nach, die kommt. Über die alten Zeiten ist schon genug nachgedacht worden. Jede Sekunde, die kommt, ist nagelneu. So neu, dass sie noch nie ein Mensch oder ein Bär erlebt hat. Die quietscht noch, so neu ist sie. Zum Beispiel jetzt. Jetzt kommt eine Sekunde. Schwupp, ist sie weg. Da kommt schon wieder eine. Schwupp, ist sie weg. Jetzt schon wieder. Und schwupp. Sobald ich über eine neue Sekunde nachdenke, kommt schon wieder eine. Und die, über die ich nachdenken wollte, ist schon wieder alt. Da kommt wieder eine neue. Schwupp, weg. Und da kommt schon wieder eine, schwupp, und da kommt …"

„Phil. Phiiiil. Phiiiiiiil!"

„Ja, so geht das fortlaufend. Da kommt schon wieder so eine. Und schon wieder eine, und schon wieder eine …

„Phil. Phiiiil. Phiiiiiiil!"

„Das macht mich ganz verrückt."

„Das glaub´ ich." Robert tätschelte *Phil* die Pfote. „Hast du es schon mal mit einer Minute probiert? Oder mit einer Stunde? Oder mit einem ganzen Tag?"

„Nee, wieso?"

„Weil eine Minute und eine Stunde und ein Tag länger sind als eine Sekunde. Verstehst du? Du hättest mehr Zeit zum Nachdenken."

„Aber wir haben doch vorhin festgestellt, dass keiner mehr Zeit hat?"

„Das stimmt allerdings. Keiner hat mehr Zeit."

„Genau", jammerte *Phil* wieder. „Es hat alles einfach keinen Sinn. Und weil es keinen Sinn mehr hat, muss ich Saure Gurken essen."

Da hatte Robert eine Idee. „Wo wohnst du *überhaupt*?"

„Mal hier, mal da. Ich bin da nicht festgelegt."

„Hast du so viel Zeit, mit mir zu kommen? Ich weiß, wo du *vielleicht* ein bisschen Ruhe finden kannst. Und dort bekommst du auch besseres Essen als hier."

„Was zum Beispiel?"

„Heidelbeerpfann …"

„Überredet! Ich komme mit."

Kitty rümpfte die Nase, als Robert mit *Phil* ins Zimmer kam. „Langsam fängt es hier ziemlich streng zu riechen an."

„Wie meinst du das, Kitty?"

„Ich meine bloß. Soll keiner sagen, ich hätte nichts gesagt."

„Ach", sagte Robert leichthin, „erstunken ist noch keiner."

„Lass das mal deine Frau hören, wenn sie wiederkommt. Lass sie es vor allem riechen."

Aber Robert ließ Kitty stänkern. Manuela wird schon nichts dagegen haben. Fix hatte Robert Mehl, Eier, Milch und Heidelbeeren zusammengeschüttet. Bald stand ein Stapel von zweiundzwanzig Heidelbeerpfannkuchen auf dem Tisch. Der *Alte* aß fünf, *Blizz* und *Grizz* aßen je fünf, und *Phil* verschlang fünf. Für Robert blieben wieder mal nur zwei.

Robert hatte gerade das Geschirr gespült. Da klingelte es an der Haustür. Draußen stand eine junge Frau mit einem Mikrofon in der Hand. Hinter ihr trug ein Mann eine Filmkamera.

„Guten Abend. Sie sind bestimmt Robert.“

„Guten Abend. Der bin ich allerdings. Was verschafft mir die Ehre?“

„Ich bin Reporterin vom Fernsehsender <Tag für Tag>. Ich heiße Karolina Wortreich. Hinter mir ist der Kollege Roland Dreher. Wir haben einen Hinweis bekommen. Eine Stewardess hat uns gestern angerufen. Sie hätten zwei Jungbären aus Alaska bei sich aufgenommen.“

„Ja, das stimmt“, bestätigte Robert. „Gestern hat sie mir die zwei in Frankfurt am Flughafen übergeben.“

„Das ist natürlich für unseren Sender ein gefundenes Fressen“, sagte die Reporterin.

„Ein Fressen?“, fragte Robert irritiert.

„Nein, kein richtiges Fressen“, lächelte Karolina Wortreich. „Wir fressen niemanden. Ich meine, es ist eine Sensation. Darf ich ein Interview mit den Bären machen?“

„Ach so“, atmete Robert erleichtert aus. „Ein Interview ist was anderes als ein Fressen. Kommen Sie herein. Aber *vielleicht* wollen die Bären gar nicht reden.“

„Keine Angst, Robert, das kriegen wir schon hin.“

„Wann kommt das Interview dann im Fernsehen?“

„Das geht sofort von Ihrem Wohnzimmer in die ganze Welt.“

„Ooooch, das wär toll. Dann sehen es *vielleicht* Otto und Manuela und Großmutter und Großvater in Neuseeland.“

„Am besten ist, Sie rufen sofort bei ihnen an.“

„Das mach´ ich gleich. *Normalerweise* schlafen sie dort jetzt noch. Aber ich versuch´s mal. Schade, dass die Mutter von *Blizz* und *Grizz* kein Fernsehgerät hat. Sie wohnt in Alaska mitten in der Wildnis.“

Karolina Wortreich stellte *Blizz* und *Grizz* eine Menge Fragen. Roland Dreher drehte mit seiner Kamera einen Film. Robert schaltete den Fernseher ein. Tatsächlich wurde das Interview direkt gesendet. *Eigentlich* hätte ich vorher ein bisschen aufräumen sollen, dachte er. Was werden Manuela und Otto denken, wenn sie in Neuseeland die Sendung im Fernsehen sehen? Ach was, dachte er weiter, so schlimm sieht es im Haus gar nicht aus.

Nach einer halben Stunde verabschiedete sich das Fernsehteam wieder. Robert setzte sich noch eine Weile zu den Bären. Er besprach mit ihnen, wie er am besten das Gästezimmer in ein Bärenzimmer herrichten konnte. Danach gingen alle schlafen.

Kapitel 5

Pepo

„Papa, Papa, du warst im Fernsehen."

„Hallo und guten Morgen, lieber Otto", freute sich Robert. „Das weiß ich doch. Ich hab´ doch Mama gestern extra angerufen."

„Papa, in Neuseeland ist es jetzt Abend, nicht Morgen."

„Ach, das vergesse ich immer. Ja, wir sind jetzt berühmt. Wenn man ins Fernsehen kommt, ist man doch berühmt, oder?"

„Die Bären auf jeden Fall, Papa", antwortete Otto. „Du bist wahrscheinlich weniger berühmt. Aber mach dir nichts draus."

„Nein, nein, Otto. Für mich ist das nicht wichtig", bemerkte Robert. „Wichtig ist, dass es dir und Mama und Großmutter und Großvater gut geht. Wie geht´s euch denn?"

„Wunderbar, Papa." Otto schwärmte: „Neuseeland ist sehr schön. Meine Tante und der Onkel haben enorm viele Schafe. Nun geht der Winter zu Ende und die Schafe werden geschoren. In Neuseeland ist nämlich dann Winter, wenn in Deutschland Sommer ist."

„Das ist eine verkehrte Welt", meinte Robert.

„Genau, Papa. Du wohnst auf der Weltkugel oben, und Neuseeland liegt unten. Darum ist hier auch Winter."

„Du bist ein kluger Junge, Otto."

Otto lachte: „Großvater ist zum Schafescheren völlig ungeeignet. Stell dir vor, er fragt das Schaf vorher immer, was für eine Frisur es wünscht. <Was soll es denn sein? Waschen, Schneiden, Dauerwelle, Föhnen?> Wie zu Hause im Friseurladen."

„Dann ist er keine große Hilfe", lachte Robert.

„Da hast du recht", bestätigte Otto. „Er hat jetzt eine neue Idee. Meine Tante züchtet auch Schafe zum Verkauf. Bevor die Schafe verkauft werden, will er ihnen eine tolle Frisur verpassen. Großvater sagt: <Für schön frisierte Schafe kann man einen höheren Preis verlangen>. Da hat er recht, finde ich. Er frisiert die Schafe wirklich schön."

„Und wie geht es Großmutter?"

„Großmutter steckt die Schafe unter die Trockenhaube. Stell dir das vor: Ein Schaf mit Lockenwicklern unter der Trockenhaube. Ich lach mich schief."

„Die beiden passen echt gut zusammen. Grüß´ alle schön von mir. Bis bald."

Ein Lieferwagen war vor Roberts Haus gefahren. Es war der Lieferservice vom Baumarkt. Zwei Männer trugen die Holzplatten und die Sägemaschine in den Schopf. Robert stellte die Maschine gleich auf. *Eigentlich* könnte ich sofort mit der Arbeit für ein Puppenhaus beginnen, dachte er. Das Inserat vom Puppenhausarchitekt würde aber erst morgen in der Zeitung stehen. Er hatte noch keinen Bauauftrag und auch noch keinen Bauplan. Er war sehr gespannt. *Vielleicht* bekomme ich so viele Aufträge, dass mir die Arbeit über den Kopf wächst, dachte er. Den Rest des Tages richtete Robert seine Werkstatt ein.

Am nächsten Morgen klingelte es an der Haustür. Robert saß mit den vier Bären gerade beim Marmeladenbrotfrühstück. Er sah zum Fenster hinaus. Auf der Straße vor dem Haus stand das Postauto. Das wird das Päckchen von Manuela mit dem Pullover und der Hose für den *Alten* sein, dachte er. Tatsächlich stand der Paketbote vor der Haustür.

„Guten Morgen", sagte Robert erfreut. „Sie haben bestimmt ein Päckchen aus Neuseeland für mich."

„Nein", antwortete der Paketbote. „Das Päckchen kommt aus Deutschland."

Nanu, wunderte sich Robert. Nicht aus Neuseeland? Er kannte Manuelas Handschrift unter hunderten anderer Handschriften. Es stimmte: Die Schrift auf dem Päckchen stammte nicht von Manuela. Er suchte einen Absender. Auf dem Päckchen war kein Absender zu sehen. Zur Probe schüttelte er das Päckchen. Da hörte er ein Geräusch aus dem Päckchen. Er nahm es mit in die Küche. Dort schnitt er mit einer Schere in den Deckel. „Vorsicht! Hilfe! Mein Bauch", tönte es aus dem Karton. Nun bog Robert mit den Händen den Deckel vorsichtig auseinander. „Aaah, endlich. Licht. Luft. Wird auch allerhöchste Zeit", tönte es aus dem Päckchen.

In dem Karton setzte sich ein Bär auf. Vom Tageslicht geblendet schaute er sich um. „Aaah, ich glaub´, da bin ich richtig", sagte er sichtlich erfreut.

„Du bist der Alte, und das dort sind Blizz und Grizz, und der da ist Phil.
Und der Große, das muss Robert sein, stimmt´s?"

„Ach ja", fragte Robert ganz perplex, „und wer bist du?"

„Ich bin der Posti und komme von der Post."

„Nur mal langsam", sagte Robert. „Du bist also der Posti von der Post?
Normalerweise bringt der Mann von der Post die Post. Und nicht die Post
bringt den Mann von der Post. Oder wie?"

„Aber siehst du nicht, dass ich eine Postuniform anhabe?"

„Das stimmt allerdings. Du hast eine Postuniform an. Dann musst du
wirklich von der Post sein."

„Ganz richtig heiße ich *eigentlich* Pedro. Pedro aus Spanien. Pedro von
der Post. Die meisten nennen mich wegen meiner Uniform aber Posti. Gute
Freunde dürfen aber auch Pepo zu mir sagen. Von Pedro Posti. Ihr seid
doch alle gute Freunde?"

Köhly trippelte nervös neben Robert herum und schnaufte tief. Dann
knurrte er plötzlich und bellte einmal heftig.

„Was ist denn los, Köhly?", fragte Robert ahnungslos. „Warum bist du so aufgeregt?"

„Ich kann Leute von der Post nicht leiden", fletschte Köhly durch die Zähne. „Alle Hunde können Leute von der Post nicht leiden."

„Aber warum denn nur? Pepo ist doch ganz harmlos."

„Das verstehst du nicht, Robert. Das ist ein hündisches Naturgesetz. Das liegt uns Hunden so im Blut. Am wenigsten können wir Briefträger leiden."

„Pepo ist aber gar kein Briefträger", beruhigte Robert den Hund. „Pepo ist Schalterbeamter. Schalterbeamte haben mit Hunden *eigentlich* nie was zu tun."

„Das stimmt", nickte *Pepo*. „Ich schwör's ungelogen." *Pepo* hob drei Krallen in die Höhe.

Schwören bedeutet, dass das, was man sagt, die ganze Wahrheit ist. Wer schwört, darf nicht lügen. Wenn einer schwört, muss er ein Zeichen dazu machen: mit Fingern, mit Krallen, mit Hufen, mit Flossen, mit Armen, mit Beinen, je nachdem, was einer am meisten hat. Ein Mensch zum Beispiel hält drei Finger in die Luft. Eine Spinne hält drei Beine in die Luft. Sie hat nämlich keine Finger, aber acht Beine. Eine Krake nimmt drei Arme. Bei einer Kuh reicht zum Schwören ein Huf; würde sie drei Hufe nehmen, würde sie auf die Nase fallen. Das will nun echt keiner.

„Brauchst nicht zu schwören, Pepo", meinte Robert. „Aber wie kommst du hierher? Wie kommst du in den Karton?"

„Bis vor kurzem habe ich am Postschalter gearbeitet", begann *Pepo* mit seiner Geschichte. „Am Anfang war alles okay. Ich saß hinter einer Glasscheibe. Ein richtiger Schalter muss eine Glasscheibe haben. Die Leute merken dann <aha, da sitzt einer von der Post>. Die Leute vor dem Schalter nennt man Kunden. Sie stellen sich vor dem Schalter in die Reihe. An meinem Schalter brachten die Kunden Briefe. Meine Arbeit war es, Briefmarken auf die Briefe zu kleben. Lecken und kleben, Stempel drauf. Bumms. Und lecken und kleben, Stempel drauf. Bumms. Die Marken müssen immer in die gleiche Ecke oben rechts. Nie links oben oder rechts unten. Ganz falsch wäre auf die Rückseite. Was würde dann passieren, hä? Was würde passieren mit einer Briefmarke auf der Rückseite, hä? Der Brief würde an den Absender zurück kommen. Ist doch blöd, oder? Wer will seinen eigenen Brief lesen, hä? Wo man doch schon weiß, was drin steht, oder? Wär echt blöd. Tja, meine Arbeit war sehr schwierig. Nie auf die

Rückseite. Was würde dann passieren, hä? Mit der Marke auf der Rückseite, hä? Was?"

„Der Brief würde an den Absender zurück kommen", sagte Robert.

„Woher weißt du das? Wer hat dir das verraten? Bist du ein Spion, hä?"

„Aber Pepo, das hast du doch eben selber erzählt", sagte *Phil* geduldig.

„Ich selber? Na sowas." *Pepo* schüttelte den Kopf, dass sein Postkäppi verrutschte. „Auf jeden Fall war ich zuständig für die Briefmarken. Ich hab´ dafür natürlich die beste Zunge. Schaut mal: Bäääääh. Schöne Zunge, hä?"

„Sehr schöne Zunge, Pepo", sagte der *Alte*.

„Und dann ging´s los", raunte *Pepo* düster. „Dann ging´s los. Dann gab es plötzlich Briefmarken, die selber klebten. Wie ein Abziehbild. Nix mehr zu lecken, nix mehr zu kleben, nix mehr mit, bumms, Stempel drauf. Für Briefmarken, die selber kleben, braucht man keinen extra Schalter mehr."

„Oh je", stöhnte *Blizz*. „Man hat dich nicht mehr gebraucht."

Pepo nickte. „Von einem Tag auf den anderen. Nicht mehr am Schalter gebraucht. Und wer sagt nun den Kunden, dass sie die Briefmarke nicht auf die Rückseite kleben dürfen, hä?"

„Ja, wer sagt es nun den Kunden?" *Grizz* zuckte mit den Schultern.

„Das Schlimmste kommt noch." *Pepo* bebte am ganzen Körper, wenn er nur dran dachte. „Man hat mich in einen Automat gesteckt. Hinten rein. Zunge vorne raus. Man hat mich in einen Automat für Briefmarken gesteckt. Stellt euch das vor. Da ist ein Automat für Briefmarken. Man wirft eine Münze ein. Dann kommt eine Briefmarke heraus. Es ist eine Briefmarke, die man ablecken muss. Ich sitze also hinter dem Automat und strecke meine lange feuchte Zunge durch einen schmalen Schlitz nach außen. Dann wischt der Kunde mit der Briefmarke über meine Zunge …! Das ist bärenunwürdig. Da mach ich nicht mit."

„Unglaublich ist das", sagten der *Alte, Blizz und Grizz, Phil* und Robert im Chor. „Unglaublich."

„Es ist die Wahrheit", schluchzte *Pepo*. „Die traurige Wahrheit. Das allerallergemeinste kommt noch: Ich musste meine Postuniform ausziehen. Stellt euch das vor. Ich, Pepo, ohne Postuniform."

„Das ist ja so was von allergemein, Pepo. Und dann?", sagte *Phil*.

„Ja, und dann?", fragte *Blizz*.

„Dann?" *Pepos* Miene hellte sich wieder auf. „Dann hab' ich euch vorgestern Abend im Fernsehen gesehen. Sofort hatte ich einen Plan. In einer unbeobachteten Minute habe ich einen leeren Karton genommen. Paketkarte drauf. Roberts Adresse wusste ich von der Sendung im Fernsehen. Ich bin rein geklettert und hab' von innen zugeklebt. Dann musste ich bloß noch warten. Und hier bin ich."

„Du hast dich einfach selber verschickt?"

„Jawohl, Robert."

„Und jetzt bist du hier", sagten alle. „Und du bleibst hier."

„Ich kann mich nützlich machen", freute sich *Pepo* riesig. „Ich erledige für euch alle Postsendungen. Da muss man nämlich aufpassen. Nie die Briefmarke auf die Rückseite. Nie auf die Rückseite. Warum, hä? Warum?"

„Weil sonst der Brief an den Absender zurück kommt", riefen alle im Chor.

„Ach, ihr wisst das schon? Das ist ja langweilig."

Und alle mussten laut lachen.

An diesem Abend hatte Robert alle Hände voll zu tun. Siebenundzwanzig Heidelbeerpfannkuchen buk man nicht in fünf Minuten. Denn der *Alte* wollte fünf, *Blizz* und *Grizz* wollten je fünf, *Phil* wollte fünf und *Pepo* bekam natürlich auch fünf. Bloß Robert, der bekam nur zwei.

Kapitel 6

Homer

Das Telefon klingelte morgens um zehn Uhr.

„Robert am Apparat. Architekt von Puppenhäusern. Guten Morgen."

„Guten Morgen, Robert. Haben Sie meine Brille gesehen?"

„Wie bitte? Ihre Brille?" Robert dachte, er hätte sich verhört.

„Ja natürlich", sagte die Stimme am Telefon. „Deswegen rufen Sie doch an. Ich habe Ihre Brille nicht."

„Moment mal." Da konnte nun absolut was nicht stimmen. „Nicht ich habe angerufen. Sie haben mich angerufen."

„Wie, was, wo? Ach so! Stimmt ja. Ich habe Sie angerufen. Entschuldigung. Ich rufe an wegen Ihrer Anzeige in der Zeitung. Sie bauen Puppenhäuser?"

„Ja, das tue ich", antwortete Robert gespannt.

„Gut, dann kommen Sie mal bei mir vorbei. Ich hätte da einen Auftrag für Sie. Geht es in einer Stunde?"

„Ja, in einer Stunde passt es." Robert war aufgeregt. „Wo wohnen Sie denn?"

„Ach so, das ist eine gute Frage. Wo wohne ich denn?", fragte die Stimme. „Moment, Robert. Ich muss nachschauen, wo ich gestern gewohnt habe. Wenn ich gestern hier gewohnt habe, dann wohne ich auch heute noch hier. Ich glaube, dass ich nicht umgezogen bin. Augenblick bitte."

Robert wartete zwei Minuten.

„So, jetzt bin ich sicher", meldete sich die Stimme erleichtert wieder. „Gestern hab´ ich im Finkenweg drei gewohnt. So steht es auf einem Brief, den ich gestern bekommen habe. Finkenweg drei in … Moment, ich lese ab … Kappelrodeck. Irgendwie kommt mir das bekannt vor. Bei Professor Doktor Doktor Rübsamen."

„Prima", freute sich Robert. „Auf Wiedersehen in einer Stunde."

„Ja", sagte der Professor, „und bringen Sie meine Brille mit."

Das Haus von Professor Doktor Doktor Rübsamen war eine Villa. Um die Villa herum gab es einen großen Garten. In einer Ecke sah Robert eine

Schaukel und eine Rutschbahn. Die Schaukel und die Rutschbahn sind bestimmt nicht für den Professor, dachte Robert. Er muss ein Kind haben. Oder zwei oder mehr.

Gleich nach dem Klingeln öffnete ein Mann die Haustür. Das muss der Professor sein, dachte Robert. Der Professor hatte eine Strickweste an. Die Weste war falsch zugeknöpft. Er hatte ein Blatt Papier in der Hand und eine Brille auf der Stirn. „Guten Tag, wer sind Sie denn?", fragte er freundlich.

„Ich bin Robert. Wir haben vor einer Stunde miteinander telefoniert."

„Aah ja, ich erinnere mich", sagte der Professor. „Wegen der Brille. Haben Sie sie dabei?"

„Aber nein, doch nicht wegen der Brille. Wegen eines Puppenhauses."

„Sehr komisch", lachte der Professor. „Seh´ ich so aus, als würde ich ein Puppenhaus brauchen? Ich habe eine ganze Villa mit Garten drum herum."

„Könnte es sein, dass es *vielleicht* für Ihre Tochter ist?"

Professor Rübsamen musterte Robert geraume Zeit. Dann sagte er: „Da könnte was dran sein. Zufällig habe ich nämlich eine Tochter. Die wünscht sich zum Geburtstag ein Puppenhaus. Kommen Sie mit in mein Büro."

Das Büro des Professors sah aus wie das Büro eines Professors. Alles stand und lag übereinander und nebeneinander. Bücherstapel, Aktenordner, Zeitungen, Papierblätter, Kugelschreiber, Bleistifte. Der Schreibtisch war komplett überladen. Die Wandregale reichten vom Boden bis zur Decke. Die Bretter bogen sich unter der Last der vielen Bücher.

Der Professor ging hinter seinen Schreibtisch. „Ich will Ihnen etwas zeigen", sagte er suchend. „Ich habe schon einen Plan gemacht. Moment, ich hab´s gleich."

Der Professor wühlte und suchte, und Robert wartete und wartete. „Wenn ich meine Brille hätte, würde ich´s sofort finden."

Jetzt oder nie, dachte Robert, und meinte: „Was ist das, was Sie oben auf der Stirn haben? Es sieht wie eine Brille aus."

Verdutzt griff der Professor an die Stirn. „Haben Sie mir die Brille da hoch gesteckt? Ich glaube, Sie sind ein Schlingel." Der Professor winkte Robert mit dem Zeigefinger. „Ein Schlingel, der Puppenhäuser baut", summte der Professor vor sich hin und suchte weiter seinen Plan.

Da hörte Robert plötzlich was: „Psst, psst."

Das kam nicht aus der Richtung des Professors. Robert drehte sich langsam um. Da wieder. „Psst, psst."

Das kam vom Bücherregal her. Er schaute hin und sah eine Bewegung. Dort stand ein Teddybär und winkte mit einem Arm. Mit dem anderen Arm stemmte er sich gegen einen Stapel Bücher. „Komm´ mal bitte her", flüsterte der Teddy.

Zu Füßen des Bären bemerkte Robert eine seltsame Brille. Sie hatte *überhaupt* keine Gläser und nur einen Ohrenbügel. Unauffällig bewegte sich Robert zu dem Bücherregal. Er drehte sich so, dass sein rechtes Ohr in die Nähe des Bären kam. „Kannst du mir helfen?", fragte der Bär leise.

„Warum soll ich dir helfen?", fragte Robert zurück. Dabei sprach er mit zusammengebissenen Zähnen. Es ist sehr schwierig, mit zusammengebissenen Zähnen deutlich zu sprechen. Das muss man lange üben. Und auch wenn man lange geübt hat, bleibt es schwierig.

„Die Arbeit beim Professor ist für mich zu schwer", sagte der Bär. „Ich muss immer die Bücherstapel stützen, damit sie nicht umfallen."

„Das ist wirklich Schwerstarbeit", sagte Robert. „Das kann ich mir vorstellen."

„Ja. Der Professor liest so viel. Er nimmt ein Buch von dem Regal, dann das nächste vom anderen Regal, dann wieder ein Buch von einem anderen Brett. Ständig geht das hin und her. Er liest und liest, und ich bin ständig unterwegs und stütze die Bücherstapel. Er meint es ja gut, aber ich kann nicht mehr."

„Gut, dass du mich getroffen hast", sagte Robert zwischen den Zähnen hindurch. „Ich werde mit ihm über dich reden."

„Sag´ ihm bitte auch, dass ich eine Bücherstauballergie habe. Das ist eine Buchstützerkrankheit."

„Mach ich. Wie heißt du *überhaupt?*"

„Ich heiße Homer."

„Ich heiße Robert. Also Homer, hör´ mir mal zu. Ich war Innenarchitekt für Kabinen von Passagierschiffen. Jetzt bin ich Architekt von Puppenhäusern. Ich kann in meiner Werkstatt Buchstützen aus Holz basteln. Wenn der Professor einverstanden ist, dann baue ich so viele Buchstützen für ihn, wie er braucht. Dann könnte er dich *vielleicht* entlassen. Hast du noch mehr Buchstützerkollegen?"

„Nein, ich bin der Einzige. Ach Robert, das wäre toll."

„Aber du musst warten bis morgen. Ich muss die Buchstützen ja erst noch planen und bauen."

„Das macht nichts", freute sich *Homer*. „Dann könnte morgen schon ein neues Leben für mich beginnen."

Der Professor hatte den Puppenhausplan für seine Tochter gefunden.

„Glauben Sie", fragte er zufrieden, „das kriegen Sie so hin?"

Robert sah sich den Plan genau an. „Kein Problem. Wann hat Ihre Tochter Geburtstag?"

„Oh, das hab´ ich irgendwo gelesen." Der Professor fing an, auf seinem Schreibtisch zu wühlen.

„*Normalerweise* steht es in einem Terminkalender", versuchte Robert ihm zu helfen. „Wenn man es nicht auswendig weiß."

„Terminkalender. Da können Sie recht haben. Aber wo ist er nur?"

Es dauerte zehn Minuten, bis der Professor den Terminkalender gefunden hatte. „Hier steht, dass sie in genau zwei Monaten Geburtstag hat."

„Bis dorthin wird das Puppenhaus fertig sein", sagte Robert. „Da ist noch etwas. Ihr Buchstützer Homer ist krank. Er muss in ein Sanatorium für Bären. Ich bringe Ihnen als Ersatz morgen einige Buchstützen aus Holz vorbei. Ist das für Sie in Ordnung?"

„Ich wusste gar nicht, dass ich einen Buchstützer habe. Wie ist sein Name? Homer?"

„Ja, Homer." Robert hob *Homer* aus dem Bücherregal und zeigte ihn dem Professor.

„Ach, der ist das ", sagte der Professor. „Ich habe mich immer gefragt, was der hier für eine Aufgabe hat. Ständig turnt er im Bücherregal herum. Und was, bitte, ist ein Sanatorium für Bären?"

„Das ist ein Erholungsheim. Ich kenne eins ganz in der Nähe."

„Wenn Homer damit einverstanden ist, dann können Sie ihn morgen mitnehmen. Aber Sie müssen mir dafür Buchstützen aus Holz bauen."

Robert schüttelte dem Professor die Hand. „Auf Wiedersehen, Herr Professor."

„Auf Wieder ...was?"

Hoffentlich weiß der Professor morgen noch, dass ich heute da war, dachte Robert. Zu Hause kündigte er dem *Alten, Blizz* und *Grizz, Phil* und *Pepo* den neuen Zuwachs an. „Ab morgen seid ihr sechs."

„Wie heißt denn der Neue?"

„Sein Name ist Homer", verriet Robert.

„Oho, Homer", staunte *Phil.* „Das hört sich nach viel Bildung an."

„Kann sein", erwiderte Robert. „Wie ich gesehen habe, hat Homer eine Brille. Ohne Brillengläser zwar und nur mit einem Bügel, aber immerhin. Er hat schließlich viel mit Büchern zu tun."

„Das ist gut", freute sich *Phil,* „dann kann ich endlich mit jemandem über die Zeit philosophieren. Wer viel mit Büchern zu tun hat, der liest bestimmt viel. Und wer viel liest, der ist gescheit."

„*Normalerweise* ist das so. Warten wir´s ab", sagte Robert.

Nach drei Stunden Arbeit in der Werkstatt hatte er zehn Buchstützen aus Holz gebaut. Das würde für den Professor ausreichen. Dann breitete er den Bauplan für das Puppenhaus aus, den der Professor ihm gegeben hatte. *Eigentlich* ist es gar kein Plan, dachte Robert. Es ist ein Wunschzettel. Der Professor wünschte sich für seine Tochter acht Zimmer, zwei Badezimmer, eine große Küche, einen Keller, einen Speicher und eine Garage. Robert freute sich auf die Arbeit. Er würde sich ganz besonders viel Mühe geben. Wenn er gute Arbeit leistet, dachte er, spricht sich das rum. Das ist die beste Werbung.

Natürlich hatte Professor Doktor Doktor Rübsamen ganz vergessen, wer Robert war. Er hatte sogar vergessen, dass er Robert einen Plan für ein Puppenhaus mitgegeben hatte. „Ich habe keinen Puppenhausplan", hatte er gesagt.

„Sie haben ihn ja nicht mehr", hatte Robert gesagt. „Den hab´ ja jetzt ich."

„Und warum suchen Sie den Plan dann heute bei mir? Das ist schon allerhand, das muss ich schon sagen", sprach der Professor.

„Heute bin ich auch nicht wegen des Plans hier, sondern wegen Homer."

„Wegen wem?"

„Na wegen dem Buchstützer. Homer. Der Teddy."

„Aber Sie wollten mir doch Buchstützen aus Holz mitbringen. Da brauch ich den Homer doch gar nicht."

„Die hab´ ich doch dabei", sagte Robert leicht genervt. „Zehn Stück. Hier sind sie." Er ließ die Buchstützen in seiner Tasche sehen.

„Aber es gibt doch nur einen Homer", sagte der Professor. „Rechnen kann ich noch sehr gut. Wollen Sie jetzt zehn Homers mitnehmen? Soll ich die jetzt aus dem Hut zaubern?"

Robert ging gleich der Hut hoch. Dabei hatte er gar keinen Hut auf. Wenn ich den Motorradhelm aufhätte, könnte mir der Helm hochgehen, dachte er.

Nach zehn Minuten hatten sie sich endlich geeinigt. Robert durfte den einen *Homer* samt Brille mit nach Hause nehmen.

Mit Sorge dachte Robert ans Abendessen. Er würde einen riesigen Berg Heidelbeerpfannkuchen backen müssen. Fünf für den *Alten,* je fünf für *Blizz* und *Grizz,* fünf für *Phil,* fünf für *Pepo,* fünf für *Homer*, und zwei für sich. Er zählte an den Fingern ab. Das gab zweiunddreißig Stück. Das, dachte Robert, ist bestimmt der Weltrekord.

Kapitel 7

Tennessee

Robert las die Zeitung. Auf der ersten Seite stand in dicken Buchstaben:

Elvis-Presley–Maskottchen um ein Haar ertrunken.
***Tennessee* hilflos in Badewanne aufgefunden.**
Eigentümer Sammelmann spricht von
unersetzlichem Verlust für alle Rock´n Roll Fans.

Darunter prangte ein Bild von Elvis Presley. Er trug *Tennessee* auf dem Arm.

Das ist allerdings ein Schock, dachte Robert. *Tennessee* ist schließlich weltberühmt. Beinahe so berühmt wie Elvis Presley selber. Elvis Presley war ein sehr bekannter Sänger in Amerika. *Überhaupt* waren kein anderer Sänger und keine andere Sängerin berühmter als Elvis. Leider ist Elvis schon 1977 gestorben. Heute hört man seine Musik nur noch selten. Aber Robert kannte sie noch von früher. Manuela kannte sie auch. Großmutter und Großvater liebten seine Musik sogar. Nur Otto, der hörte viel lieber *Justin Bieber.*

Robert schaltete sofort den Fernseher ein. Es lief eine Sondersendung der Tagesschau. Er erkannte Karolina Wortreich mit ihrem Mikrofon gleich wieder.

Wenn Karolina Wortreich ins Mikrofon spricht, dann ist Roland Dreher als Kameramann nicht weit, dachte er. Karolina blickte in die Kamera und sagte: „Guten Morgen, sehr geehrte Zuschauer. Willkommen zur Sondersendung der Tagesschau-Nachrichten. Ich stehe hier bei Herrn Horst Sammelmann. Herr Sammelmann ist der Eigentümer von *Tennessee,* dem berühmten Maskottchen von Elvis Presley. Herr Sammelmann, bitte erzählen Sie unseren Zuschauern, was Sie heute Morgen erlebt haben."

„Bin ich auch richtig in der Kamera? Ja, ich bin noch ganz erschrocken", sagte er. „Wie Sie wissen, habe ich ein Geschäft für Fan-Artikel von Elvis Presley. Bei mir kann der Elvis-Fan alles bekommen, was er wünscht. Elvis-Tassen, Elvis-T-Shirts, Elvis-Perücken, Elvis-Kugelschreiber, Elvis-

Kostüme, Elvis-Schallplatten, Elvis-CDs, Elvis-Schlüsselanhänger, Elvis-Briefbeschwerer, Elvis-Sonnenbrillen, Elvis-Unterhosen und noch vieles andere. Alles kann man kaufen."

„Wunderbar, Herr Sammelmann", sagte Karolina Wortreich dazwischen. „Kommen Sie nun zu *Tennessee*. Was hat es Besonderes mit *Tennessee* auf sich?"

„Bin ich auch richtig in der Kamera?", fragte Herr Sammelmann. „Ja, das ist so: Ich war als junger Mann bei einem der letzten Konzerte von Elvis Presley in Las Vegas. Las Vegas ist eine Stadt in Amerika, wo viele berühmte Stars auftreten. Ich durfte nach dem Konzert von Elvis hinter die Bühne in seine Garderobe. Weil Singen sehr anstrengend ist, können die Künstler in der Garderobe eine Pause machen. Oder sich umziehen. Dort hat er mir den *Tennessee* geschenkt."

Jetzt komm endlich mal auf den Punkt, dachte Frau Wortreich. Sie sagte aber: „Schön, Herr Sammelmann. Aber was hat es nun mit *Tennessee* auf sich? Warum ist er so berühmt?"

„Bin ich auch richtig in der Kamera?", fragte er zum dritten Mal. „Jedes Mal, wenn Elvis ein Lied gesungen hatte, ging er zu *Tennessee*. Meistens saß *Tennessee* auf einem Stuhl neben der Bühne. Und wenn Elvis eine Pause machte, nahm er *Tennessee* mit in die Garderobe."

„Und?"

„Was und?"

Muss ich dem die Würmer aus der Nase ziehen. Freundlich bleiben, Karolina. „Was machte er dann mit *Tennessee?*"

„Bin ich auch richtig in der Kamera? Also: Elvis wischte sich mit *Tennessee* den Schweiß ab. Nach jedem Lied und in jeder Pause wischte er sich mit ihm den Schweiß ab."

„Wie bitte?", fragte Karolina Wortreich ungläubig.

„Er wischte sich mit *Tennessee* den Schweiß ab. Jawohl."

„Ich bin sprachlos", sagte Frau Wortreich.

„Seh'n Sie. Und darum ist *Tennessee* so berühmt."

„Ähhh, er ist berühmt, weil ich sprachlos bin?"

„Quatsch, weil Elvis sich mit ihm den Schweiß abgewischt hat."

„Komisch." Karolina schüttelte den Kopf.

„Nein, nicht komisch. Teuer. Sauteuer. Sagenhaft teuer. Unbezahlbar. *Tennessee* ist unbezahlbar. Stellen Sie sich das vor. Er ist voll vom Schweiß von Elvis Presley. Sein ganzes Fell ist voller Schweiß. Unbezahlbar."

„Ich versteh´ nicht, warum Elvis das gemacht hat."

„Weil *Tennessee* so ein kuscheliges weiches Fell hatte. Und mir hat er ihn geschenkt."

„Gut, Herr Sammelmann. *Tennessee* ist unbezahlbar. Was hatte er dann bei Ihnen im Geschäft zu tun?"

„Bin ich auch richtig in der Kamera? Tennessee lockte natürlich die Kunden an. Aber er war unverkäuflich. Unbezahlbar. Ich nahm ihn jeden Abend aus dem Geschäft mit nach Hause. Damit er nicht gestohlen werden konnte. Er ist einfach unbezahlbar."

„Na und jetzt?"

Herr Sammelmann begann zu schluchzen. „Es ist so schrecklich. Heute Morgen hab´ ich ihn in der Badewanne gefunden. Er lag im Badewasser und kam von allein nicht mehr aus der Wanne."

„Wie kam er denn dazu? Wollte er sich ertränken?"

„Nein", schluchzte Herr Sammelmann. „Er wollte nicht mehr stinken."

„Sagten Sie stinken?"

Herr Sammelmann nickte mit dem Kopf. „Der ganze alte Schweiß von Elvis hat gestunken. *Tennessee* durfte sich ja niemals waschen. Sie wissen schon. Unbezahlbar. Er hat einfach gestunken. Das hat er wohl nicht mehr ausgehalten. Darum hat er sich in der Badewanne gewaschen."

„Und dann?" Karolina Wortreich blieb der Mund offen stehen.

„Bin ich auch richtig in der Kamera? Ich hab´ ihn an den Ohren zum Trocknen aufgehängt. Sehen Sie, dort hängt er."

Roland Dreher richtete die Kamera sofort auf die Wäscheleine. Dort hing tatsächlich der berühmte *Tennessee*.

„Jetzt stinkt er nicht mehr?", fragte Karolina neugierig.

„Nahahahaheeeeeiiiiiin", weinte Herr Sammelmann. „Jetzt stinkt er nicht mehr. Der Schweiß von Elvis Presley ist weg. *Tennessee* ist nur noch ein ganz gewöhnlicher Teddybär. Er ist wertlos geworden. Wertlos."

„Heißt das, dass Sie für *Tennessee* keine Verwendung mehr haben?"

„Als was denn?", entrüstete sich Herr Sammelmann. „Als wertloser Heidelbeerpfannkuchenfresser? Sie können ihn haben, Frau Wortreich. Ich schenke ihn Ihnen."

„Danke, Herr Sammelmann. Ich nehme ihn gerne mit. Was ich Sie noch fragen wollte: Haben Sie *vielleicht* das Badewasser noch?"

„Warum?", fragte Herr Sammelmann dumm. „Wollen Sie darin baden oder haben Sie Durst?"

„Sicher nicht, und nicht frech werden", antwortete Karolina Wortreich. „Aber *Tennessee* hat doch in dem Badewasser gelegen wie ein Teebeutel in der Teekanne."

„Ja schon, aber …" Herr Sammelmann kapierte nicht.

„Ich hab´ da einen Vorschlag", sagte Frau Wortreich schelmisch. „Füllen Sie doch das Badewasser in kleine Flaschen. Verkaufen Sie es als echten Schweiß von Elvis Presley."

Jetzt kapierte Herr Sammelmann, was Karolina Wortreich meinte: „Das ist ja ... das ist ja … das ist ja genial", jubelte er. „Das ist die beste Geschäftsidee meines Lebens. Oh danke, danke, danke, …."

Herr Sammelmann bedankte sich noch lange. Da hatte Frau Wortreich schon längst ins Tagesschaustudio geschaltet.

Robert schaltete den Fernseher aus. Er war wütend. Wie konnte man nur so herzlos sein? Hatte ein Bär nur einen Wert, wenn er nach Elvis Presley roch? Bären sind doch Menschen wie Otto und ich, dachte er. Oder wie Manuela und ich. Oder wie Köhly und ich. Wenn er den Herrn Sammelmann erwischen würde. Dem würde er aber die Meinung geigen. Robert wurde immer wütender. Bevor er ganz wütend wurde, klingelte es an der Haustür. Wenn das dieser Herr Sammelmann ist, kommt er mir gerade recht. Dem lese ich die Leviten. Dem setz´ ich den Kopf zwischen die Ohren. Dem blase ich den Marsch. Dem …

„Guten Morgen, Robert." Vor der Tür stand Karolina Wortreich und hinter ihr stand Roland Dreher mit der Kamera.

„Guten Morgen, Frau Wortreich", sagte Robert. „Sie haben Glück, dass Sie nicht Herr Sammelmann sind."

„Warum? Sind Sie auf den nicht gut zu sprechen?"

„Dem würd´ ich auf die Zehen steigen, wenn er es wäre."

„Das heißt, dass Sie die Sondersendung der Tagesschau im Fernsehen gesehen haben."

„Ja, das hab´ ich. Dem würd´ ich das Fracksausen schon beibringen. Diesem Herrn Sammelmann."

„Sie haben bestimmt gesehen, dass er mir den *Tennessee* geschenkt hat. Im Fernsehstudio haben wir leider keinen Platz. Obwohl so ein Maskottchen gut zu uns passen würde. Wären Sie so freundlich und nähmen *Tennessee* bei sich auf? Bei Ihnen wird er es gut haben. Das weiß ich."

„Aber sicher", freute sich Robert. Der *Tennessee* hatte ihm gleich gefallen. Tatsächlich hatte er ein ganz kuscheliges weiches Fell. „Auf einen Heidelbeerpfannkuchenesser mehr oder weniger kommt es nicht an."

„Vielen Dank, Robert", sagte Karolina Wortreich. „Und wenn wir vom Fernsehen mal wieder von Ihnen und den Bären berichten sollen, dann rufen Sie mich an."

Robert stellte *Tennessee* dem *Alten, Blizz* und *Grizz, Phil, Pepo* und *Homer* vor.

„Bist du wirklich der berühmte Tennessee?", fragten alle durcheinander. „Erzähl´ uns bitte von Elvis Presley."

„Das mach´ ich gern", sagte *Tennessee* schüchtern. „Aber könnt´ ich bitte vorher was zu essen haben?"

Kitty lag auf der Fensterbank und schnupperte mit der Nase in die Luft. Das werden ja täglich mehr. Endlich mal einer von diesen Bären, der wie frisch gewaschen riecht, dachte sie.

Robert rechnete im Kopf die Anzahl der Heidelbeerpfannkuchen aus. Er kam auf siebenunddreißig Stück. *Vielleicht* ist es besser, dachte er, wenn ich eine Heidelbeerpfannkuchenbackmaschine baue. Aber ich habe *überhaupt* keine Ahnung, wie eine Heidelbeerpfannkuchenbackmaschine aussieht. Er könnte Otto fragen, wenn er aus Neuseeland anruft. Der müsste es *eigentlich* wissen. Und er musste unbedingt Eier, Mehl, Milch und Heidelbeeren einkaufen.

Zehn Minuten später klingelte das Telefon. Es war Otto aus Neuseeland. Dort war es schon Abend. „Papa, hast du die Sendung im Fernsehen gesehen? Von Tennessee und Herrn Sammelmann?"

„Guten Morgen, lieber Otto. Ja, die Sendung hab´ ich gesehen. Ich war so wütend auf den Herrn Sammelmann."

„Ich auch, Papa. Und Mama auch. Großmutter und Großvater auch. Wie kann man nur so herzlos sein. Teddys sind Menschen wie du und ich. Oder wie Mama und ich. Oder wie Köhly und ich."

„Das freut mich, dass du so denkst, Otto."

„Papa, du musst Tennessee unbedingt ein Zuhause geben. Ruf´ doch bitte im Fernsehstudio an. Sag´ einfach, dass du Tennessee für deinen Sohn brauchst. Mama ist einverstanden."

„Nein, Otto, das tu´ ich nicht." Robert grinste voller Vorfreude. Schade, dass das Otto nicht sehen konnte.

„Aber Papa, bitte. Du musst ihn retten."

„Nein, Otto, das geht nicht mehr." Robert konnte sich das Lachen kaum verkneifen.

„Papa, Papa, bitte …" Otto war verzweifelt.

„Weil ich den Tennessee schon gerettet habe. *Eigentlich* war es Frau Wortreich vom Fernsehstudio. Sie hat mir Tennessee vorbeigebracht."

„Ach Papa", strahlte Otto. „Dann ist alles gut." Schade, dass Robert nicht sehen konnte, wie Otto strahlte.

„Ja, alles ist gut", sagte Robert. „Jetzt muss ich aber einkaufen. Tennessee hat Hunger. Hast du eine Ahnung, wie man eine Heidelbeerpfannkuchenbackmaschine baut?"

„Papa, die gibt es schon. Die sind bereits erfunden. Aber nur ganz große für sehr viele Heidelbeerpfannkuchen in der Heidelbeerpfannkuchenfabrik. Für daheim ist das nix."

„Wie viel sind sehr viele? Siebenunddreißig Stück?"

„Nein. Siebenunddreißig sind wenig. Tausend Stück sind sehr viel, Papa. Darunter muss man gar nicht anfangen."

„Schade, ich dachte nur so. Danke, Otto. Liebe Grüße an Mama und Großmutter und Großvater. Bis bald, Otto."

Kapitel 8

Frosty

Am nächsten Morgen brachte der Postbote ein Päckchen. Der Absender war in Neuseeland. Robert erkannte Manuelas Schrift sofort. Das werden die Hose und der Pullover für den *Alten* sein, dachte er. Vorsichtig öffnete er das Päckchen mit einer Schere. Man weiß nie, was drin ist, bevor man nicht hineingeschaut hat. Es könnte *vielleicht* ein Teddybär sein.

War es aber nicht. Es waren eine rote Hose und ein weißer Pullover. Robert ging damit gleich zum *Alten*. Die Hose und der Pullover passten ihm wie angegossen. Jetzt brauchte er sich nicht mehr vor Kitty verstecken. Oder sich in ein Handtuch einwickeln. Der *Alte* strahlte über das ganze Gesicht. „Danke, Robert", sagte der *Alte* mit einer Träne im Auge.

„Du kannst Manuela danken, wenn sie wieder da ist. Sie hat die Kleider für dich gestrickt."

„Wann kommt sie denn wieder?"

„Ungefähr in drei Wochen, Alter."

„Dann warte ich mit dem Dank noch drei Wochen."

Robert überlegte schon seit ein paar Tagen, was er zwischendurch mal essen könnte. Zwischen Marmeladebrot und Heidelbeerpfannkuchen. Die Heidelbeerpfannkuchen hingen ihm nämlich langsam zum Hals heraus. Gibt es *überhaupt* nichts anderes?

Wenn Manuela da wäre, gäbe es jeden Tag etwas anderes. Manuela kocht für ihr Leben gern. Aber die Bären wollten absolut nur Heidelbeerpfannkuchen.

Robert dachte an etwas Frisches. *Vielleicht* mal ein Apfel? Oder auch eine Banane? Und wie sah es aus mit Gemüse?

Er ging hinaus in den Garten und sah sich um. Großmutter und Großvater hatten bestimmt immer eigenes Gemüse angebaut. Aber dieses Jahr nicht, weil sie nach Neuseeland gefahren sind. Alle Gemüsebeete im Garten waren leer. Robert suchte im Telefonbuch. Er fand einen Lieferservice: „Frosty-Frischfisch und -gemüse". Sowas suchte er. Er griff zum Telefon

und bestellte Grüne Bohnen, Brokkoli, Karotten, Blumenkohl, bunt gemischt und tiefgefroren, fix und fertig für den Kochtopf. Morgen würde es schon geliefert werden. Er freute sich schon auf einen leckeren Gemüseeintopf. Er würde gleich so viel kochen, dass es für mehrere Tage reichen würde.

Robert begann, an seinem großen Zeichenbrett einen Bauplan für das Puppenhaus des Professors zu zeichnen. Das war nicht einfach. Aber Robert hatte ja genau das als Beruf gelernt. Als er damit fertig war, ging er in die Werkstatt. Dort übertrug er die Maße vom Bauplan millimetergenau auf die Holzplatten. Daran arbeitete er bis zum Abend. Am nächsten Tag könnte er dann mit dem Absägen und Aussägen beginnen.

Bevor er ins Bett ging, unterhielten er und Köhly sich noch eine Weile mit den Bären. Kitty war viel zu vornehm, um mit den Bären auch nur ein Wort zu wechseln. Sie lag bloß auf dem Fensterbrett und rümpfte die Nase.

„Wo kommst du *eigentlich* her, Phil", wollte Robert wissen.

„Mein vollständiger Name ist *eigentlich* Philippe. Aber alle nennen mich Phil. Weil ich ja auch Philosoph bin. Geboren wurde ich in den Py … Py …"

„Bei den Pyramiden? In Ägypten?", fragte *Homer* naseweis dazwischen.

„Nein, in den Py … Py … Pyrenäen. Das ist ein Gebirge in Frankreich."

„Komisch", sagte *Pepo*. „Ich bin auch in den Py … Py … Pyrenäen geboren. Aber in Spanien."

„Das kann schon sein", erklärte Robert. „Das Pyrenäengebirge liegt zwischen Frankreich und Spanien. Und wo wurdest du geboren, Homer?"

„Ja wo schon. In Griechenland natürlich. Das sagt doch schon mein Name. Homer war ein großer Dichter in der Antike. Auch ich bin ein großer Dichter. Sogar ein sehr großer Dichter. Soll ich euch mal eine Kostprobe geben? Ja? Ja? Sagt endlich schon ja!"

„Jaaaa", stöhnten alle, damit *Homer* Ruhe gab.

„Moment, ich muss erst meine Brille aufsetzen." *Homer* setzte seine komische Brille auf die Nase. „So, jetzt kann's …"

„Was ist denn das für eine komische Brille?" *Tennessee* deutete mit der Pfote auf *Homer* und wieherte vor Lachen. „Die hat ja gar keine Brillengläser und nur einen Bügel. Sie sitzt völlig schief auf deiner Nase. Wihihihihijahahaha."

„Lach´ nicht so doof", verteidigte sich Homer. „Die Brille hab´ ich, weil ich lesen und schreiben und dichten kann. Kannst du eventuell lesen, schreiben und dichten, Tennessee?"

„Ääh, nein. Wieso?"

Siehst du", triumphierte *Homer*. „Weil du keine Brille hast. Ende der Diskussion. Hört also mein schönstes aller Gedichte: Es heißt: **Tomaten**

Ursprünglich waren die Tomoten
beheimatet auf den Lofoten.
Doch die Tomoten waren nicht
darauf erpicht,
ihr Leben lang an kalten Küsten
nebst dürren Stockfischen zu fristen.
Drum blieben sie alsbald, wie´s schien,
grün.

Sie zogen weg nach Lanzarote
und nannten sich fortan Tamote.
Doch diese Insel war zu heiß,
wie man ja weiß.
Sie wurden zwar ganz typisch rot,
doch nur vor Hitze in der Not,
und blieben im Vulkangestein
klein.

Ein Seemann sah die desolate
Frucht, und nannte sie Tomate.
Er nahm sie mit zu sich nach Haus
nach Hamburg. Und in Saus und Braus,
ei der Daus,
begann die Frucht ein neues Leben.
War sie gar klein und grün noch eben,
wuchs wie der Teufel sie, und flott,
wurd´ die Tomate groß und
rot.

Homer verneigte sich: „Kein Beifall, bitte. Nicht so viel Beifall bitte. Überhaupt kein Beifall? Kein Bravo? Hallo? Hallo?" Das sind durch die Bank alle Kunstverächter, dachte er.

„Nun sag' schon endlich einer <Bravo, Homer>; <Klasse, Homer>; <Spitze, Homer>.", forderte der *Alte* die anderen auf. „Na, wenn's von euch keiner sagt: Tolles Gedicht, Homer. Ganz große Kunst. Du machst deinem Namen alle Ehre."

„Danke, Alter", erwiderte *Homer*. „Du bist wohl der einzige hier, der von hoher Kunst was versteht. Oder was meinst du, Blizz?"

„Ich war leider nie in der Schule", sagte *Blizz* traurig. „Und Grizz auch nicht. Aber schön war's, Homer. Ehrlich. Ich weiß aber immer noch nicht, was Antike ist."

„Otto wird das bestimmt wissen", sagte Robert. „Wir fragen ihn, wenn er wieder da ist. Mir hat dein Gedicht auch sehr gefallen, Homer. Ich war im Augenblick nur nicht auf Kunst eingestellt. Danke trotzdem. So, jetzt aber weiter im Text. Wo wurdest du geboren, Tennessee?"

„In der gleichen Stadt, in der auch Elvis Presley geboren wurde. In Memphis. Das liegt am Fluss Mississippi im amerikanischen Bundesstaat Tennessee. Da kommt mein Name her."

„Von Blizz und Grizz wissen wir schon, wo sie herkommen. Aus Alaska."

„Und woher kommt der Alte?", wollte Köhly wissen.

Robert sagte: „Der Alte kommt aus den Karpaten. Das ist ein Gebirge wie die Pyrenäen. Genauer gesagt kommt er aus der Hohen Tatra. Die liegt in der Slowakei und in Polen. Stimmt's, Alter?"

Der *Alte* brummelte nur. Er fühlte sich in den neuen Kleidern richtig wohl. Und als der *Alte* zu gähnen anfing, hieß das für die anderen, dass es Zeit war für's Bett. Gute Nacht, zusammen.

Am nächsten Tag klingelte eine Frau in grüner Latzhose an der Haustür.

„Guten Morgen, Herr Robert. Frosty-Frischfisch und -gemüse. Ich liefere Ihnen das bestellte Gemüse."

„Guten Morgen. Sie sind aber zuverlässig. Jetzt kann ich einen Gemüseeintopf kochen."

„Ja. Frisch und pünktlich. Das ist unsere Stärke", sagte die Frau vom Lieferservice.

„Prima", lächelte Robert freundlich. „Was kostet alles zusammen?"
Die Frau nahm einen Zettel und einen Bleistift aus der Brusttasche ihrer Latzhose. „Das ganze Gemüse kostet vierzehn Euro. Die Liefergebühr beträgt sechs Euro. Der besondere Frosty-Zuschlag kostet fünf Euro. Zusammen macht es fünfundzwanzig Euro, bitteschön."

„Ujujui", staunte Robert. „Da hätt´ ich vorher *vielleicht* fragen sollen, was es kostet. Fünfundzwanzig Euro sind ganz schön viel."

„Ja", strahlte die Frau mit den Latzhosen, „aber bedenken Sie die Vorteile: Sie bekommen das Gemüse ins Haus. Das ist bequem. Alles ist frisch. Das ist gesund. Und dann noch die Frosty-Qualität. Das ist einmalig."

„Ja, das glaub´ ich auch, dass das einmalig ist", meinte Robert. „Einmal und nie wieder bestelle ich bei Ihnen."

„Sehr schade, Herr Robert. Die Frosty-Qualität bekommen Sie sonst nirgendwo."

„Entschuldigen Sie, bitte", wollte Robert wissen, „was ist *überhaupt* diese Frosty-Qualität? *Normalerweise* kauf´ ich im Supermarkt ein."

„Haben Sie dort schon mal einen Frosty gesehen? Hm?"

„Einen Frosty? Ich versteh´ nicht ganz."

„Ja, einen Frosty. Kommen Sie mit", sagte die Frau mit der Latzhose. Robert trottete hinter der Frau her zu ihrem Lieferwagen. Sie öffnete die Tür des Lieferwagens. Die sah genauso aus wie eine Kühlschranktür. Der ganze Lieferwagen war ein fahrender Kühlschrank. Im Innern des Lieferwagens war alles tiefgefroren weiß. Robert sah zuerst nur hellgrauen eisigen Nebel. Er spürte die Kälte im Wagen. „Puh, hier drin ist es aber extrem kalt."

„Ja", sagte die Frau mit der Latzhose stolz, „das macht Frosty. Das ist die Frosty-Qualität. Schauen Sie. Dort sitzt er." Sie zeigte mit einem Finger in eine Ecke des Lieferwagens.

Robert entdeckte zunächst gar nichts. Nur der hellgraue Nebel waberte hin und her. Dann meinte er, eine Bewegung zu sehen. Und dann glaubte er, etwas klappern zu hören. „Was klappert hier denn so? Ist das der Kälte-Motor oder ein Kotflügel?"

„Aber nein", prahlte die Frau mit der Latzhose. „Das sind die Zähne von Frosty. Wenn Frosty mit den Zähnen klappert, dann ist die Frosty-Qualität erreicht. Wenn er nicht mit den Zähnen klappert, dann ist es für das Tiefkühlgemüse im Lieferwagen zu warm. Das gibt´s sonst nirgends."

„Potz Blitz, ei der Daus, wer ist denn das?" Jetzt sah Robert ganz deutlich etwas. „Ist das ein echtes Tier oder eine Puppe?"

„Das ist unser Frosty-Bär." Die Frau sprach voller Stolz.

„Wenn das ein echter Bär ist, dann ist das doch Tierquälerei", schimpfte Robert.

„Aber nicht doch, Herr Robert. Frosty ist ein Eisbär. Eisbären lieben die Kälte. Darum heißen sie auch so."

„Nein, nein", schimpfte Robert weiter. „Eisbären lieben zwar die Kälte. Aber Eisbären klappern nie mit den Zähnen. Niemals. Das weiß sogar Otto, mein Sohn. Und damit basta. Nehmen Sie Ihr Frosty-Qualtitäts-Tiefkühlgemüse wieder mit. Ich will es nicht. Lieber ess´ ich mein Leben lang Heidelbeerpfannkuchen, als einmal das Eisbärgemüse."

Und dann sagte Robert noch etwas: „Frosty, komm´ sofort aus dem Lieferwagen raus! Du fährst keinen Meter mehr in diesem Wagen! Nie mehr mit dieser Firma!"

„Das dürfen Sie nicht tun", jammerte nun die Frau mit der Latzhose. „Ich hol´ die Polizei."

„Ja, genau", erwiderte Robert. „Die Polizei muss her. Und Frau Karolina Wortreich und Herr Roland Dreher vom Fernsehen. Auf der Stelle."

Mit einem Bärensatz sprang *Frosty* Robert direkt in die Arme. Huhuhu, was war er kalt. Robert bekam eine richtige Gänsehaut. Er rief schleunigst bei Karolina Wortreich an. Kurz darauf war sie da. Roland Dreher filmte den Lieferwagen. Für die Aufnahme musste *Frosty* noch einmal kurz in den Wagen zurück. Danach durfte er für immer bei Robert bleiben. Dafür sorgte Karolina Wortreich. Sie nahm der Frau mit der Latzhose das Versprechen ab, nie mehr Eisbären in den Lieferwagen zu sperren. Auch keine anderen Tiere, die die Kälte lieben. Wie zum Beispiel Pinguine.

„Holen Sie jetzt noch die Polizei?", schluchzte die Frau.

„Wenn Sie Ihr Versprechen halten, dann nicht."

Zu Robert sagte Frau Wortreich. „Ich hätte nicht gedacht, dass wir uns so schnell wiedersehen. Aber Sie haben richtig gehandelt, Robert. Wenn man ein Unrecht sieht, muss man gleich helfen. Wie viel Bären haben Sie denn nun mit Frosty?"

„Mit ihm sind es jetzt acht. Erst hatte ich jahrelang keinen einzigen, und dann plötzlich fast jeden Tag einen."

„Haben Sie auch genug Platz für alle?"

„Kein Problem", sagte Robert. „Ich habe ein extra Bärenzimmer."

„Aber die fressen doch eine ganze Menge, oder nicht?"

Robert lächelte: „Heidelbeerpfannkuchen. Nur Heidelbeerpfannkuchen."

„Ich werde versuchen, über das Fernsehen etwas für Sie zu organisieren."

„Ooooch", wurde Robert ganz verlegen, „ich weiß nicht. Ich mach´ das doch gerne."

„Doch, doch", versicherte Frau Wortreich. „Solche Leute müssen unterstützt werden. Ich weiß, glaube ich, auch schon wie. Tschüss, Robert."

Kitty auf der Fensterbank miaute leise vor sich hin, als sie Robert mit *Frosty* auf dem Arm sah: „Ich fass´ es nicht. Ich fass´ es nicht. Die Bären vermehren sich ja wie die Mäuse. Tss, wenn es nur Mäuse wären. Aber so?"

Das Hallo bei den anderen Bären war groß. Ein echter Eisbär. Die wenigsten hatten schon einen echten Eisbären gesehen. *Eigentlich* keiner. „Wo kommst du denn her, Frosty?" Die Bären schnatterten durcheinander wie eine Schar Gänse.

„Ich komme von Grönland", sagte *Frosty*. „Aber jetzt komme ich aus dem Tiefkühllieferwagen. Robert hat mich gerettet. Sogar das Fernsehen war dabei."

„Wie kommst du von Grönland in einen Lieferwagen?" fragte *Blizz*. „Ist das so weit wie von Alaska nach Waldulm?"

„Ganz so weit ist es nicht", antwortete er. „Aah, habt ihr es schön warm. Das ist mir fast schon ein bisschen zu warm."

„Du kannst ja, wenn du willst, mal in den Keller gehen", sagte Robert. „Dort ist es kühl. Oder auf die Veranda. Dort ist es auch kühl."

„Danke, das mach ich gern." Dann erzählte er, wie er von Grönland nach hier kam. „Ich saß mit einem Korb Grönlandbananen auf einer Eisscholle. Eisbären sind überwiegend auf Eisschollen unterwegs. Ich wollte von Grönland nach Spitzbergen reisen. In Spitzbergen lebt nämlich ein Vetter, der Geburtstag feierte. Er hatte sich Grönlandbananen zum Geburtstag gewünscht. Er liebt Grönlandbananen. Als ich mitten auf dem Meer war, wurde meine Eisscholle immer kleiner. Das ist wegen dieser Klimaerwär-

mung, von der alle reden, dachte ich. Die ist bestimmt auch dran schuld, dass jetzt in Grönland Bananen wachsen. Die gab es früher nämlich dort nicht. Zuletzt wurde die Eisscholle so klein, dass sie mein Gewicht nicht mehr trug. Ich musste schwimmen. Eisbären können sehr gut schwimmen. Aber von der Mitte des Meeres bis Spitzbergen war es viel zu weit. Da sah ich ein Schiff, das vom Nordpol kam und nach Hause fuhr. Mit letzter Kraft rettete ich mich an Bord. Es war ein Fischfang-Tiefkühlschiff. Ich versteckte mich im Schiffsbauch. Dort wo die tiefgekühlten Fische hinkamen. In Hamburg wurde das Schiff entladen. Die tiefgekühlten Fische wurden in verschiedene Kisten gesteckt. Mit einer dieser Kisten kam ich zu der Firma <Tiefkühlfisch und -gemüse>. Zufällig wurde ich dort entdeckt. Danach wurde aus der Firma <Tiefkühlfisch und -gemüse> die Firma <Frosty-Tiefkühlfisch und -gemüse>. Ich musste in dem Lieferwagen mitfahren und bibbern, was das Zeug hält. Sie haben gesagt, dass ich mir meinen Unterhalt verdienen müsse. Robert hat mich endlich aus der Lage befreit. Was meinten sie mit <ich muss mir den Unterhalt verdienen>?"

„Damit meinten sie, dass du für das Essen und das Bett arbeiten musst."

„In Grönland war das alles umsonst", sagte *Frosty*.

„In Alaska war das auch alles umsonst", riefen *Blizz* und *Grizz*.

„Und in Spanien, und in Frankreich, und in Griechenland, und in Amerika, und bei Robert", riefen *Pepo, Phil, Homer, Tennessee* und der *Alte* der Reihe nach.

„Und was isst man so als Eisbär *normalerweise*?", fragte Robert vorsichtig.

„Naja", zierte sich *Frosty* ein wenig. „Pfannkuchen mit Hering wär´ nicht schlecht."

Da hob *Grizz* flink die Pfote, als wäre er in der Schule. „Was gibt´s denn, Grizz? Willst du etwas sagen?"

„Nein, ich wollte nur etwas fragen", antwortete *Grizz*. „Wenn es Pfannkuchen mit Hering gibt, gibt es dann auch Pfannkuchen mit Lachs? Lachs ist nämlich meine Leibspeise."

„Denen graut´s vor gar nix", flüsterte Robert, so dass nur er es hören konnte. Köhly jedoch hatte so gute Ohren, dass er es trotzdem gehört hatte. „Mir wird übel, wenn ich es mir nur vorstelle", flüsterte er zurück. „Gottseidank müssen wir das nicht essen."

Abends war Manuela in Neuseeland am Telefon. „Jetzt möchte ich doch mal wissen, was bei Dir daheim abgeht, Robert. Das dritte Mal bist du jetzt schon im Fernsehen. Jedes Mal geht es um Bären."

„Oh, ich kann nichts dafür, Maus." Robert freute sich, sie zu hören. Kitty war dafür mal wieder unterwegs und suchte eine echte Maus. „Sie laufen mir einfach zu. Es sind lauter nette Buben und Mädels."

„Das glaub´ ich gern, Robert", lachte Manuela. „Otto ist schon ganz aufgeregt. Er kann es kaum erwarten, nach Hause zu kommen. Er will unbedingt die Bären alle sehen."

„Das ist lustig. Die Bären wollen nämlich auch Otto sehen. Er ist so ein kluger Junge."

„Wo kriegst du die denn alle unter? Haben wir so viel Platz im Haus?"

„Da mach dir mal keine Sorgen. Das ist *überhaupt* kein Problem. Ich habe aus dem Gästezimmer ein Bärenzimmer gemacht."

„Das ist eine gute Idee. In Neuseeland ist jetzt früher Morgen. Du gehst ja jetzt erst ins Bett. Gute Nacht, Robert."

„Grüß Otto und Großmutter und Großvater von mir. Gute Nacht, Maus."

Und Kitty ging wieder auf die Suche.

Kapitel 9

Bobby und *Jack*

„Heute ist Sonntag", verkündete Robert beim Frühstück am Morgen. „Wir machen einen Ausflug."

„Wir alle?", fragten die Bären, die gerade kein Marmeladebrot im Mund hatten.

„Mrr mmhe?", fragten die Bären, die gerade Marmeladebrot im Mund hatten.

„Ja, wir alle", antwortete Robert unternehmungslustig. „Bloß Kitty bleibt zu Hause. Jemand muss auf unser Haus aufpassen."

Da bin ich aber froh, dachte Kitty. Mit dieser Rasselbande möcht´ ich nicht gesehen werden.

Robert hatte kräftig in der Werkstatt gearbeitet. Er hatte alle nötigen Einzelteile für das Puppenhaus abgesägt und ausgesägt. Dann hatte er alle Ecken und scharfen Kanten abgerundet. Es sollte sich bloß niemand an den Ecken verletzen. Probeweise hatte Robert alle Teile schon zusammengesetzt. Alles passte wunderbar und millimetergenau. Er würde *überhaupt* keine Schrauben und Nägel gebrauchen. So konnte man das Puppenhaus immer wieder verändern. Robert fand das sehr praktisch. Hoffentlich sah das die Tochter von Professor Doktor Doktor Rübsamen genauso. Nächste Woche würde er die Teile mit Farbe bemalen.

„Mit was machen wir denn einen Ausflug? Mit einem Bus?" Köhly konnte sich nicht vorstellen, wie Robert das anstellen würde.

„Nein, wir fahren natürlich mit dem Motorrad", bestimmte Robert. „Der Alte kommt in meinen Rucksack. Das ist er schon gewohnt. Pepo sitzt vor mir auf dem Tank. Phil setzt sich hinter mich auf den Rücksitz. Alle anderen sitzen bei Köhly im Beiwagen."

„Das wird aber ganz schön eng", meinte Köhly.

„Ach, das wird lustig", sagte Robert. „Wir fahren an den Mummelsee."

„Ist das ein richtiger See?", fragte *Grizz*.

„Das ist ein richtiger See. Man kann sogar Schiff darauf fahren."

„Nie im Leben steig´ ich mehr in ein Schiff", rief *Grizz*.

„Ich auch nicht", rief *Blizz* gleich hinterher. „Sonst kommt wieder so ein Kapitän und will uns an den Zirkus verkaufen."

„Ich auch nicht", rief *Frosty* dazu. „Sonst muss ich mich wieder im Kühlschrankbauch des Schiffes verstecken."

Robert hatte Verständnis für seine Bären. Drum sagte er: „Man *muss* ja nicht mit dem Schiff fahren. Man *kann*. Wer will, der kann im See schwimmen oder plantschen."

„Gibt es da Lachse?" Die Frage kam von *Grizz*. Das war klar.

„Ich glaube nicht, dass es da Lachse gibt", überlegte Robert. „Aber wir können ja so tun, als gäbe es welche."

„Ja, ja, dann hechte ich ins Wasser und tu´ so, als hätte ich einen Lachs in den Pfoten. Dann spritze ich und wälze mich im Wasser herum. Und die anderen rufen <fang ihn, fang ihn, Grizz>, und ich spritze dabei alle nass. Das wird toll."

Es war wirklich ein wenig eng im Motorrad-Beiwagen. Zum Mummelsee war es aber nicht weit. Da konnte man die Enge schon mal aushalten.

Am Mummelsee waren viele Touristen. Als sie Robert und Köhly mit ihrer Bärenschar sahen, wollten alle Fotos von ihnen machen. So viele Bären auf einen Schlag gab es nicht einmal im Zoo zu sehen. Aber bald hatten die Touristen das Interesse verloren. Robert, Köhly und die Bären gingen am See spazieren. *Grizz* hechtete ins Wasser und spritzte um sich und wälzte sich. Die anderen feuerten ihn vom Ufer aus an. „Fang ihn, fang den Lachs, Grizz." Alle wurden ein wenig nass.

Gerade als sie weitergehen wollten, traten zwei andere Bären aus dem Wald. Der eine hatte einen mittelbraunen Pelz und trug einen roten Hut und eine rote Umhängetasche, der andere war rotbraun und trug eine blaue Kappe auf dem Kopf.

„Da seid ihr ja endlich", begrüßte der Mittelbraune Robert und seine Bären. „Es wird auch höchste Zeit. Ihr seid schon viel zu spät dran."

„Wenn du über die Zeit reden möchtest, bin ich der richtige Bär für dich", sagte *Phil*. „Ich bin Philosoph mit dem Fachgebiet Zeit."

„Papperlapapp", antwortete der Mittelbraune. „Wir haben keine Zeit zu verlieren. Wir fangen gleich mit dem Programm an. Bobby, komm´ mal her."

Da setzte sich der rotbraune Bär mit der blauen Kappe in Bewegung. Also hieß der bestimmt *Bobby. Bobby* sah sehr lustig aus. Er grinste ständig von einer Backe zur anderen. Seine Augen funkelten freundlich.

„Guten Tag, erstmal", schaltete sich Robert ein. „Ich bin Robert. Das neben mir sind Köhly, der Alte, Phil, Pepo, Homer, Tennessee, Frosty und Blizz und Grizz. Und wer bist du?"

„Ich bin Jack. Bobby und ich sind hierher bestellt worden. Wir sollen hier einheimischen Bären den Umgang mit Touristen beibringen."

Davon hatte Robert noch nie was gehört. Es stand auch nichts in der Zeitung.

„Was sollen die Bären denn von euch lernen?"

„Um den Mummelsee herum soll ein neuer Nationalpark entstehen", erklärte *Jack.* „Genau wie in Amerika der Yellowstone-Nationalpark. In einem Nationalpark dürfen Touristen nicht rund um die Uhr herum laufen. Nur von morgens zehn Uhr bis abends um fünf Uhr. Dann müssen die Touristen den Nationalpark wieder verlassen. Die Tiere und Pflanzen brauchen Ruhe und Erholung."

„Ich verstehe", sagte Robert. „Und was machen die Bären?"

„Moment." *Jack* drehte sich zu *Bobby* um. „Das soll Bobby euch jetzt mal zeigen. Ich bin übrigens Bobbys Trainer. Los, Bobby."

Bobby verschwand rasch hinter ein paar Büschen. Dann fing er an, hinter den Büschen zu brummen, zu schmatzen und zu brüllen. Mit den Pfoten raschelte er in den Zweigen, dass die Blätter davon flogen. Das hörte sich sehr bedrohlich an. *Blizz* und *Grizz* liefen aufeinander zu und fielen sich ängstlich in die Arme. Das erinnerte sie an die bösen alten Grizzlymänner beim Lachsfangen am Wasserfall in Alaska. Dann tauchte *Bobby* hinter dem Gebüsch auf. Er stellte sich auf die Hinterpfoten und wedelte mit den Vorderpfoten wild in der Luft herum. *Blizz* und *Grizz* versteckten sich hinter Roberts Rücken. *Bobby* tat sein bestes.

„Das reicht, Bobby", meinte *Jack.* „Du sollst ja nicht den Bären Angst einjagen, sondern den Touristen."

„Ach so ist das", sagte Robert. „Ihr erschreckt um fünf Uhr die Touristen, damit sie pünktlich den Nationalpark verlassen."

„Genauso ist es", bestätigte *Jack*. „Bobby und ich sind extra vom Yellowstone-Nationalpark hierhergekommen, um euch Bären zu unterrichten. Wir bleiben übrigens in Deutschland. Wir eröffnen hier eine Touristenerschreckbärenschule."

„Na", sprach da Robert. „Da seid ihr hier goldrichtig. Hier gibt es nämlich *überhaupt* keine Bären, die in den Wäldern wohnen. Das ist nicht wie in Amerika."

„Wo wohnen deine Bären denn dann?" *Jack* war sehr erstaunt.

„Wir wohnen alle bei Robert", riefen der *Alte, Phil, Pepo, Blizz, Grizz, Frosty, Homer und Tennessee* zusammen. „Wir erschrecken keine Touristen."

„Aber warum hat man uns dann hierher bestellt?"

Robert hatte eine Ahnung: „*Vielleicht,* um mit euch Touristen anzulocken."

Jack überlegte lange. Dann meinte er: „Das wär′ ja genau das Gegenteil. Anlocken ist das Gegenteil von vertreiben. Bobby, was hältst du denn davon?"

Bobby grinste von einer Backe zur anderen. „Da hast du recht. Das wär′ genau das Gegenteil. Man hat uns reingelegt."

„Ja, man hat uns reingelegt, Bobby. Was machen wir nun?"

„Weißt du", lachte *Bobby,* „es hat mir sowieso noch nie Spaß gemacht, Touristen zu erschrecken. Da sind nämlich auch Kinder dabei. Und Kinder erschrecken ist unfair. Da mach′ ich nicht mit."

„Sollen wir nun wieder zurück nach Amerika? Ohne Geld und ohne alles? Wir haben dort ja schon gekündigt. Keiner braucht uns mehr dort." *Jack* war ratlos.

„Bleibt doch einfach bei uns", riefen alle von Roberts Bären. „Oder Robert? Jack und Bobby können bei uns bleiben?"

„Das wird ein wenig schwierig. So viel Platz haben wir im Motorrad-Beiwagen gar nicht mehr."

„Doch, doch", riefen alle. „Wir rutschen noch ein bisschen enger zusammen. Oder Köhly? Du machst dich doch auch ein bisschen dünner?"

Köhly sah zu Robert auf: „Da hast du dir was eingebrockt."

„Lieber was einbrocken", sagte Robert, „als was auslöffeln."

„Dieser Satz könnte direkt von mir sein", murmelte Phil. „Wer ist hier *eigentlich* der Philosoph? Robert oder ich?"

Alle rutschten zur Rückfahrt ein wenig zusammen. „Wenn uns die Polizei erwischt, kriegen wir einen dicken Strafzettel."

Aber es war Sonntag und die Polizei erwischte sie nicht.

Zu Hause angekommen, versammelte Robert die Bären in der Küche. „Hört bitte mal her, ihr Bären. Wir müssen etwas ändern. Wir sind mittlerweile zehn Bären und ich. Das gibt zweiundfünfzig Heidelbeerpfannkuchen. So viel kann ich nicht alleine backen. Mein Vorschlag ist: Jeder backt seine Heidelbeerpfannkuchen selber. Den Teig rühre ich noch an. Den Rest macht ihr selber. Ich zeige euch, wie es geht. Also los geht's."

Als aber Robert nach dem Essen die Küche betrachtete, bekam er einen Schreck. Überall war Teig. Die Herdplatte war verkrustet. An der Wand hinter dem Herd floss der Teig in Tropfen herunter. Das kann so nicht bleiben, dachte er. Und er dachte wieder an eine Heidelbeerpfannkuchenbackmaschine. Da mochte Otto was sagen oder nicht.

Kapitel 10

Otto

Morgen würde Otto aus Neuseeland nach Hause kommen. Und Manuela auch. In den vergangenen zwei Wochen hatte Robert viel in der Werkstatt gearbeitet. Er war mit dem Puppenhaus für Professor Doktor Doktor Rübsamens Tochter fertig geworden. Nun bastelte er an kleinen Möbeln für das Puppenhaus. Da passten ja keine normal große Möbel hinein. Man stelle sich das vor. Normal große Möbel in einem Puppenhaus: zwei Stühle, und das Puppenhaus wäre voll. Kein Platz mehr für andere Möbel. Das ist logisch.

Gut, dass Robert ein Inserat in der Zeitung hatte. Er hatte noch zwei weitere Aufträge für Puppenhäuser bekommen. Jetzt flutscht das Geschäft, dachte er.

Dafür kamen die zehn Bären leider etwas zu kurz. *Eigentlich* sah er sie nur noch beim Frühstück und beim Abendessen. Er buk die Heidelbeerpfannkuchen jetzt lieber wieder selber. Er brauchte dann die Küche nicht jedes Mal komplett zu putzen. Die Bären sind beim Backen echte Schweinigel, dachte Robert. Wenn Otto und Manuela da sind, können wir uns die Arbeit teilen.

Wenn er ab und zu am Bärenzimmer vorbei kam, hörte er seltsame Töne. Mal hörte er „Trallalla", mal hörte er „Mimmimmi", oder auch „Sossosso". Oder er hörte „Eins, zwei, drei und vier und …". Oder „Nicht so nuscheln, Homer, deutlich sprechen". Auch hörte er *Bobby* fragen: „Wer jault denn hier so? Bist du das, Grizz? ".

Steckte er wunderfitzigerweise mal den Kopf ins Zimmer, standen alle im Halbkreis um *Bobby* herum. Und wenn er fragte: „Alles okay, Jungs, Mädel?", dann antworteten alle im Chor „Alles okay, Robert". *Phil* wollte regelmäßig wissen, wie viel Zeit sie noch hätten, bis Otto wiederkommt. „Noch vier Tage, Phil", hatte Robert zum Beispiel gesagt. „Danke Robert", hatte *Phil* geantwortet, „dann haben wir noch Zeit." Gestern hatte Robert gesagt: „Noch zwei Tage, Phil." Und *Phil* meinte: „Oh, jetzt wird´s knapp." Heute hatte Robert gesagt: „Morgen kommt Otto, Phil." Da sagte *Phil*:

„Jetzt wird´s brenzlig." Klar, *Phil* war ja der Zeitverwalter. Aber was er damit wohl gemeint hat? Hatten die Bären ein Geheimnis?

Dann war es soweit. Robert fuhr mit dem Motorrad und dem Beiwagen an den Flughafen nach Frankfurt. Robert, Manuela und Otto besaßen kein Auto. Das Flugzeug aus Neuseeland war gelandet. Robert wartete in der Ankunftshalle.

Endlich sah er Manuela. Sie ist in Neuseeland noch schöner geworden, dachte er. Und da rannte ein braungebrannter Junge auf ihn zu, der aussah wie Otto. Robert hörte nur einen Schrei: „Papa!" Dann flog ihm Otto in die Arme. „Ach, Otto", sagte Robert. Und Otto jubelte: „Ach, Papa." Als ihn Manuela in die Arme nahm, sagte er glücklich: „Ach, Maus." Er sagte ihr aber auch, dass sie in Neuseeland noch viel schöner geworden ist. Und Manuela flüsterte ihm ins Ohr: „Ach, Robert. Du bist ein Schatz."

Mit dem Motorrad fuhren sie vom Flughafen nach Waldulm. Manuela saß im Beiwagen und Otto auf dem Rücksitz. So ein Motorrad mit Beiwagen ist sehr praktisch.

Manuela war von dem Haus ganz begeistert. Robert hatte mit den Möbeln alles richtig gemacht. „Warst du sehr einsam, mein Schatz?"

„Du und Otto habt mir sehr gefehlt. Aber ich hatte ja Köhly und Kitty und die Bären."

„Ach ja, natürlich, die Bären", fragte Manuela. „Wo sind sie denn?"

„Im Gästezimmer. Ich glaube, sie haben eine Überraschung für Otto."

Otto war hellhörig geworden. „Eine Überraschung? Für mich? Von den Bären? Wollen wir nicht gleich hochgehen und sie begrüßen?"

Otto, Manuela und Robert stiegen die Treppe in den ersten Stock hinauf. Vor dem Gästezimmer lauschte Robert an der Tür. Alles war still. Dann klopfte er an und öffnete langsam die Tür. Sieben Bären standen im Halbkreis vor *Bobby*. Phil rief fragend: „Hey, Robert. Zeit, dass ihr kommt. Ist Otto dabei?"

Robert trat einen Schritt zur Seite, sodass Otto die Bären und die Bären Otto sehen konnten. Dann sagte *Bobby*: „Achtung, Jungs! Aufgepasst! Und eins und zwei und drei und vier und …"

Herbei ihr Burschen, stellt euch auf zu unserm Bärenchor.
Wir singen Otto jetzt ein Lied und stellen uns gleich vor.

Der Alte ist der erste Bass. Ihn plagt das Ungeziefer,
und wenn er sich am Kratzen ist, dann brummt er noch viel tiefer.

Und dann kommt Homer der Tenor, zuständig für die Höhe.
Mit seiner Fistelstimme quält und tötet er die Flöhe.

Der Frosty röhrt aus voller Brust und ist der Bariton.
Er sammelt Mützen von den Fans und hundert hat er schon.

Und unser Jack singt gar nicht mit, denn er ist unser Drummer,
und oft trifft er die Pauke nicht und hat dann Katzenjammer.

Der Grizz ist ein Allround-Talent und hat gar keine Stimme.
Er jault herum und meint er singt, und das – das ist das Schlimme.

Und Tennessee macht Remm´demmi und tanzt dazu den Twist.
Da steppt der Bär so richtig ab, dass es ´ne Freude ist.

Der Phil, der ist der Frauenschwarm, er schmalzt mit feuchten Augen.
Die Damen stöhnen, dass der Kerl zum Schwiegersohn würd´ taugen.

Und wer so herzerfrischend grinst ist künstlerischer Leiter.
Der Bobby hat Musik im Blut und Rhythmus wie kein Zweiter.

Hey Otto, komm in unsere Band, dann sind wir ein Oktett.
Bald gehen wir auf Welttournee zusammen mit Roxette.
Wir jodeln unsere Hammerhits, verdienen dumm und dämlich,
und senden Postcards aus L.A. und bleiben dort gleich, nämlich.

Doch jetzt geht´s los, den Honig weg: Mi mi, la la, lo lo.
Das swingt und rappt und rockt und fetzt: Trilli, tralla, so so.

Das war eine gelungene Überraschung. Die Bären tanzten vor Freude, weil ihr Auftritt so gut geklappt hatte. Otto war ganz von den Socken.

„Ihr seid eine tolle Bären-Boygroup. Vielen herzlichen Dank für den Empfang. Gesungen haben aber nur sieben von euch. Bobby hat dirigiert. Was haben die anderen zwei gemacht?"

„Blizz hat nicht mitgesungen. Weil sie unsere Managerin ist", sagte *Bobby*. „Jemand muss für uns schließlich die Termine machen. Wenn wir berühmt sind, wollen wir ja auf Tournee gehen."

„Okay", sagte Otto. „dann müsst ihr sicher jeden Tag üben."

„Und ich bin zuständig für die Technik", meldete sich *Pepo*. „Ich schalte immer das Licht ein und aus."

„Großartig, Jungs. Ich hab´ mein Kinderzimmer direkt neben eurem. Wir werden noch eine Menge Spaß haben."

„Jawohl, Otto", riefen sie. „Du bist richtig. Spaß haben ist das Tollste auf der Welt."

„Sag´ mal, Otto, du warst doch in Neuseeland. Gibt es dort auch Bären?", wollte der *Alte* wissen.

„Nein, Bären gibt es dort nicht. Aber sehr viele Schafe." Otto erklärte den Bären, wie das mit den Schafen so ist.

„Otto, noch eine Frage: Homer hat behauptet, dass jeder Schüler weiß, wer Homer in Griechenland ist. Weißt du es denn?"

„Natürlich, Alter. Homer war ein großer griechischer Dichter. Er lebte in der Antike."

„Hab´ ich´s nicht gesagt?", rief *Homer*. „Hab´ ich´s nicht gesagt?"

„Und was, bittschön, ist eine Antike?", wollte *Blizz* endlich wissen.

„Die Zeit der Antike begann ungefähr vor dreitausend Jahren. Sie dauerte über tausend Jahre. Man nennt diese Zeit auch das klassische Altertum …"

Manuela und Robert ließen die Bären und Otto allein. Otto hatte viel zu berichten. Und Manuela und Robert hatten sich viel zu erzählen. Abends sagte Robert zu Manuela: „Maus, es ist so schön, dass ihr wieder da seid."
Und Kitty spitzte beim Wort *Maus* mal wieder die Ohren. Na, die lernt es nie.

Kapitel 11

Horatius

Otto hatte noch zwei Wochen Ferien. Dann musste er wieder zur Schule gehen.

In Waldulm würde er in eine neue Klasse kommen. Er war auf die neuen Freunde schon sehr gespannt. Denn dass er neue Freunde gewinnen würde, war sonnenklar.

Anfangs verbrachte er viele Stunden im Bärenzimmer. Irgendwie hatten sie erfahren, dass Robert bald Geburtstag haben würde. Darum löcherten sie Otto mit allerlei Fragen. Was sie Robert zum Geburtstag schenken könnten, zum Beispiel. *Phil* hatte die Idee, Robert eine Stunde oder zwei Stunden Zeit zu schenken. Dafür müsste er aber für mindestens ein bis zwei Stunden in einem unbeobachteten Moment die Küchenuhr benutzen können. Es gab nämlich im ganzen Haus keine andere Uhr. Jetzt, wo Manuela zu Hause war, war es schwer, unbeobachtet zu bleiben. Und er bräuchte eine Tüte, um die Zeit hinein zu füllen. *Homer* bestand darauf, dass sie gemeinsam ein Gedicht aufsagen könnten. Dafür bräuchte es nix weiter als ein bisschen Grips im Kopf.

„Was ist Grips", hatte *Frosty* gefragt.

„Grips ist das, was dir fehlt, Frosty. Hähähähähä", lachte *Homer* gemein. „Das war ein Scherz, das war ein Scherz, nicht beleidigt sein. Grips ist Verstand, Schlauheit. Ich als ehemaliger Buchstützer von Professor Doktor Doktor Rübsamen hab´ natürlich Verstand. Das sagt ja schon mein Name: Homer. Nach dem griechischen Dichter."

„Du hast *vielleicht* Verstand im Kopf, aber kein Benehmen. Sowas sagt man nicht zu einem Freund", rügte Otto den *Homer*.

„Manno, es war ein Scherz. Hab´ ich doch gesagt."

Alle brummten wieder versöhnt miteinander.

„Wie wär´s, wenn wir ihm eine Woche lang die Werkstatt ausfegen? Da hat er wirklich was davon", sagte *Blizz*.

„Und wer fegt dann uns ab? Wir werden alle staubig und Manuela steckt uns in die Badewanne. Ich hasse Badewannen. Zudem möchte ich nicht mit

Blizz zusammen in eine Badewanne. Blizz ist ein Mädchen." Der *Alte* hielt das mit dem Fegen für keine gute Idee.

„Dann überlegt mal schön weiter, was ihr Papa zum Geburtstag schenken wollt. Ihr habt ja noch Zeit", sagte Otto.

„Sei nicht so leichtsinnig mit der Zeit", mahnte *Phil.* „Zeit ist sehr kostbar. Aaaha, jetzt hab´ ich´s. Gut, dass ich Philosoph bin. Wir schenken ihm *unsere* kostbare Zeit. Jeder von uns macht eine Spende von seiner kostbaren Zeit. Jeder schreibt auf einen Zettel: Fünf Minuten von Pepo. Zehn Minuten von Grizz. Zwanzig Minuten vom Alten. Und so weiter. Die füllen wir alle in eine Tüte. Schleife drum, fertig. Dann kann Robert immer mal ein paar kostbare Minuten aus der Tüte holen."

„Klasse Idee, Phil. Wirklich." Otto streichelte *Phil* über den Kopf. „Macht´s gut. Bis morgen."

Otto wollte nämlich mit Manuela und Robert in die Stadtbücherei fahren. Er war eine Leseratte. Darum war er auch so blitzgescheit.

Manuela lieh sich ein paar Strickbücher aus. Sie liebte es, Socken zu stricken. Oder Pullover und Hosen für die Bären. Robert hatte Bücher über Puppenhäuser unter dem Arm. Er war immer offen für neue Ideen und Vorschläge. Otto hatte ein Buch ganz besonders interessiert. Ein Buch über L.A., über das die Bären in ihrem Lied gesungen hatten. Er wusste, dass L.A. die Abkürzung von Los Angeles war. Los Angeles ist eine große Stadt in Amerika. Aber er wusste nicht, wie es dort aussah. Und dann hatte er noch ein spannendes Kinderbuch und ein Technikbuch in der Hand. *Vielleicht,* hatte er zu Robert gesagt, steht was drin über Heidelbeer-pfannkuchenbackmaschinen.

Sie wollten gerade zur Verleihtheke gehen, als sie eine Stimme hörten. Otto sagte zu Robert: „Bleib mal stehen, Papa, und hör´ dir das an."

Ein dunkelbrauner Teddybär stand hinter einem Tisch. Er hatte gerade begonnen, einen Vortrag zu halten:

„Hallo, liebe Leute", sagte er. „Ich bin Horatius. Ich bin Koch im Restaurant Bärbar und ich bin *Lorveser* hier in der Bücherei. Gestern habe ich aus dem Märchen *Weeschnittchen und die zwieben Serge* gelesen. Heute lese ich aus meinem *Bochkuch* vor. Gleichzeitig zeige ich euch, wie man eine *Sezelbruppe* kocht. Was braucht man für eine *Sezelbruppe*?

Zuerst eine *Plerdhatte.* Auf die *Plerdhatte* stelle ich einen *Tochkopf.* Und natürlich braucht man für eine *Sezelbruppe* eine *Bralzsezel.* Die lege ich auf ein *Breideschnett,* und schneide sie mit einem *Müchenkesser* in kleine Rollen. In den *Tochkopf* gebe ich einen *Witer Lasser.* Wenn das Wasser kocht, gebe ich in das Wasser einen *Luppensöffel Bremüsegühe* hinein. Man kann auch einen ganzen *Weischflühbrürfel* nehmen. Jetzt lasse ich die Brühe aufwallen. Dann wird es Zeit, die Rollen von der *Bralzsezel* in die Flüssigkeit zu geben. Damit das Ganze nach etwas schmeckt, nehmen wir eine *Spessermitze Nuskatmuss* und einen *Laffeeköffel Littschnauch.* Wer keinen *Littschnauch* zu Hause hat, kann als Ersatz auch *Seterpilie* nehmen. Vorsicht beim Umrühren. Den Topf bitte nur mit *Lopftappen* anfassen. Falls es spritzen sollte, ist eine *Schochkürze* von Vorteil. Ich trage immer eine *Mochkütze.* Damit keine Haare in die *Sezelbruppe* fallen.

Die Suppe muss ungefähr fünf Minuten leicht köcheln. Dann mit einem *Schuppensöpfel* die heiße Suppe in den *Tuppenseller* geben und servieren. Sie werden sehen: Die *Sezelbruppe* schmeckt viel besser als eine *Saferhockenfluppe* oder eine *Sudelnuppe.* Was kann man dazu essen? Eine *Breibe Schot* ist gut. Hinterher gibt es meinetwegen ein *Schnutenpitzel* oder ein *Schneineschwitzel.* Vielen Dank für eure geschätzte Aufmerksamkeit."

Otto war während des Vortrags immer näher zu dem Tisch gegangen. Vor Staunen stand ihm der Mund offen. „Hallo, *munger Jann,* was kann ich für dich tun?", fragte *Horatius.*

„Äh, äh, das Kochbuch. Kann ich es mal bitte sehen?", fragte Otto fasziniert.

„Aha, du bist ein Freund von gutem Essen. Greif nur zu."

Otto nahm das Buch in die Hände. „Entschuldige, Horatius, das Kochbuch hat ja nur ein Rezept? *Sezelbruppe?* "

„Dafür aber in fünf Sprachen. Nämlich deutsch, lateinisch, finnisch, mongolisch und italienisch, weil ich Italiener bin. Wer behauptet denn, dass ein *Bochkuch* mehrere Rezepte haben muss? Mir genügt ein Rezept. Das kann ich aber richtig gut."

Robert und Manuela waren hinzugekommen. „In deinem Restaurant gibt es doch auch *Gaure Surken.* Stehen die nicht im Kochbuch?" Robert erklärte, dass er schon einmal Gast im Restaurant Bärbar gewesen war.

„Nein. Die *Gaure Surken* sind ja keine Erfindung von mir. Ich bin doch kein *Dezepterieb*. Nur was ich selber erfunden habe kommt in mein *Bochkuch*.“

„Sag´ mal, Horatius“, fragte Manuela freundlich. „Hättest du nicht Lust, bei uns zu Hause zu kochen? Wir haben zehn Bärenmäuler zu stopfen.“

„Das wär´ toll, Maus. Ich darf doch Maus sagen? Ich hab´ vorhin gehört, wie Robert dich gerufen hat. Aber es geht nicht. Ich bedauere.“ *Horatius* schüttelte traurig den Kopf.

„Du hast aber gute Ohren, Horatius. Ich heiße aber nicht Maus, sondern Manuela. Maus darf mich nur Robert nennen. Warum geht es nicht?“

„Weil ich zweimal in der Woche *Lorveser* in der *Badstücherei* bin. Das ist jedes Mal der Hammer. Alle Leute kommen nur wegen mir.“

„Das kann ich mir gut vorstellen. Ich käme auch bloß wegen dir. Wenn es nur wegen des Vorlesens ist“, lächelte Manuela, „Robert würde dich immer mit dem Motorrad hin und her fahren. Gell, Robert?“

Robert war überrascht. *Eigentlich* hatte er gedacht, Manuela seien die zehn Bären daheim mehr als genug. Jetzt holte sie sich selber einen nach Hause. „Selbstverständlich“, beeilte er sich zu versichern. „*Normalerweise* fahre ich zweimal die Woche in die Stadt. Da kannst du immer mitkommen, Horatius.“

„Dann sind wir uns einig?“, fragte *Horatius* erfreut. „Dann muss ich nur noch beim Restaurant Bärbar Bescheid sagen. Auf was warten wir da noch?“

So kam es, dass mit *Horatius* nun elf Bären bei Manuela, Otto und Robert eine Heimat gefunden hatten. Die Abwechslung im Speiseplan mit der *Sezelbruppe* kam für die anderen Bären gerade recht. Sie hatten von den Heidelbeerpfannkuchen schon blaue Zungen. Zuerst hatten sich alle über die komische Sprache von *Horatius* lustig gemacht. *Tennessee* hatte ihn einmal dazu aufgefordert, das Wort *Hundehütte* zu sprechen. „*Hundehütte*“, hatte *Horatius* arglos gesagt. Und: „Warum?“, hatte *Horatius* ahnungslos gefragt. „Siehst du, Horatius, es ist gar nicht so schwer“, hatte der Schelm gegrinst. „*Hundehütte* kannst du nicht versaubeuteln.“

Da hatte *Horatius* aber tief Luft geholt und gesagt: „Dumm gebabbelt ist gleich, Tennessee. Aber wenn man wie ich fünf Sprachen spricht, darunter Latein und Finnisch, dann darf man in *einer* Sprache *vielleicht* nicht ganz so perfekt sein. Oder soll ich dich mal was auf Mongolisch fragen? Hä? Hä? Na also." Seither ließen alle den *Horatius* wegen seiner komischen Sprache in Ruhe. Recht so.

Kapitel 12

Liddi

Von *Pepo* kam der Vorschlag, eine Fußballmannschaft zu gründen.

„Wir sind elf Bären. Das ist genau die Zahl, die eine Fußballmannschaft hat. Otto kann unser Trainer sein. Eine Fußballmannschaft braucht einen Trainer. Es braucht einen, der entlassen werden kann, wenn wir verlieren."

„Oh, danke für die Ehre", hatte Otto gesagt. „Der Trainer wird also entlassen, wenn die Fußballmannschaft das Tor nicht trifft?"

„Sowieso", tönte *Pepo*. „Das ist überall so. Musst nur mal im Fernsehen gucken. Da werden die Trainer immer entlassen. Sonst sind wir ja kein echter Fußballverein."

„Wenn das so ist, dann möchte ich lieber nicht Trainer sein", lehnte Otto ab.

„Dann mach´ ich den Trainer", meldete sich der *Alte* zu Wort. „Fußballspielen kann ich nicht mehr. Dafür bin ich zu alt. Aber Trainer kann ich noch sein. Im Fernsehen sehen die meisten Trainer ziemlich alt aus."

„Also gut, Alter, abgemacht." *Pepo* dachte nach. „Aber dann hat die Sache einen Haken: Dann sind wir keine Elf mehr. Eine Fußballmannschaft muss aber elf Spieler haben. So ein Mist."

„Macht das was, dass Blizz ein Mädchen ist?" *Grizz* stellte sich zu seiner Schwester.

„Nur im Fernsehen spielt das eine Rolle", behauptete *Pepo*. „Dort spielen Mädchen und Buben getrennt voneinander. Bei Bären ist es egal. Aber wenn wir sowieso keine elf Spieler zusammen bekommen … schade, kann man nichts machen."

Es gab in der Stadt zwei Supermärkte. Den einen, wo Robert und Manuela immer zum Einkaufen hin gingen. Dort kostete zwar alles ein bisschen mehr, aber man wurde vom Personal freundlich beraten und bedient. Zudem bekam man immer ein kostenloses Lächeln mit nach Hause.

Im anderen Supermarkt kaufte *normalerweise* nur Otto ein. Außer wenn Otto krank im Bett lag. Dann kaufte auch Robert dort ein, wenn Otto von dort was brauchte. Meistens benötigte er Farbstifte und Zeichenpapier. Das gab es in dem Supermarkt halt viel billiger als im anderen. Otto zeichnete und malte für sein Leben gern. Wenn er einmal groß wäre, würde er auf einer Kunsthochschule studieren. Und dann würde er Maler werden und Bilder malen wie sein Onkel Winfried. Der war nämlich ein echter Künstler.

Robert war gerade dabei, Möbel in das Puppenhaus für die Tochter von Professor Doktor Doktor Rübsamen zu stellen. Da hörte er plötzlich ein Scheppern vor seiner Werkstatt, als würde ein Fahrrad umfallen. Und schon kam auch Otto in die Werkstatt gestürzt. Atemlos rief er: „Papa, Papa, komm' schnell. Du musst mit in die Stadt. Zum Supermarkt."

Robert ließ vor Schreck gerade einen Kleiderschrank und ein Doppelbett aus den Händen fallen. „Um Himmels Willen, Otto. Ist was passiert? Ist was mit Mama? Ist was mit dir?"

„Nein, nein", rief Otto, „nix ist passiert. Aber du musst schnell mitkommen. Ich muss dir etwas zeigen."

Robert war mit Otto vor die Werkstatt gegangen. Da sah Robert, dass das Scheppern, das sich angehört hatte wie ein umstürzendes Fahrrad, von Ottos Fahrrad herkam. Das war nämlich umgestürzt. Er dachte: Wenn etwas so eilig ist, dass Otto sogar sein geliebtes Fahrrad umstürzen lässt, dann muss es sehr wichtig sein. Hurtig zog er seinen Arbeitskittel aus und sagte: „Otto, hol' rasch deinen Motorradhelm und die rosa Skibrille. Bring mir bitte auch meinen Helm und die Sonnenbrille mit. Ich stelle mittlerweile dein Fahrrad wieder auf."

Otto war nach einer Minute mit Helmen und Brillen zurück. Er stieg in den Beiwagen von Roberts Motorrad. Der Schlüssel steckte wie immer.

Der Weg zum Supermarkt war nicht weit. Trotz aller Eile fuhr Robert vorsichtig. Roberts Devise war nämlich: Hast du es eilig, fahr langsam. Damit war er bisher immer gut gefahren.

Als sie auf dem Parkplatz vor dem Supermarkt ankamen, staunte Robert nicht übel. Jetzt wusste er auch, warum Otto so aufgeregt gewesen war. Vor dem Supermarkt tanzte zwischen den Verkaufswägelchen und den Kunden ein Bär. Auf dem Bauch und auf dem Rücken trug er ein Reklameschild vom Supermarkt: LIDDI, alles billig.

Ja, Robert rieb sich die Augen. Der Bär tanzte. Von einem Bein auf's andere. Im Kreis herum. Er wedelte mit den Armen und den Pfoten in der

Luft herum. *Normalerweise* macht Tanzen ja Spaß. Robert hatte immer Freude, wenn er mit Manuela tanzte. Aber der Bär schien keinen Spaß

am Tanzen zu haben. Der Bär hatte Tränen in den Augen. Ganz offensichtlich weinte er.

Robert war betroffen und musste einen Kloß im Hals hinunterschlucken. Dann sah er Otto an. Auch Otto hatte Tränen in den Augen. Genau wie der Bär. Sie stiegen vom Motorrad und gingen zu dem Bär hin.

„Hallo, Bär", begrüßte Robert den Bär. „Ich bin Robert, und das ist mein Sohn Otto. Wie heißt du denn?"

„Ich werde Liddi gerufen", schniefte der Bär. „Aber normalerweise heiße ich Bogdan."

„Was machst du hier *eigentlich*? Ich weiß, das ist eine dumme Frage, aber …"

„Nein, die Frage ist nicht dumm", sagte der Bär. „Ich tanze, weil ich ein Tanzbär bin."

„Entschuldige, Liddi", meinte Robert, „aber Tanzbär sein ist für einen Bär doch nicht normal. Das sieht *vielleicht* ulkig aus, aber mehr auch nicht."

„Mehr kann ich aber nicht", entschuldigte sich der Bär.

„Das ist auch mehr als genug", sagte Robert. „Wie kommst du *überhaupt* hierher?"

„Der Chef vom LIDDI Supermarkt hat mich aus einem kleinen Freigehege gekauft. Er hat mir die Reklameschilder umgebunden und gesagt, ich soll vor seinem Supermarkt tanzen."

„Und wie bist du in das kleine Freigehege gekommen?"

„Ohje, das ist eine traurige Geschichte", schluchzte *Liddi*. „Ich glaube nicht, dass ihr die hören wollt."

„Oh doch", bestimmte Otto. „Genau die wollen wir hören. Dort drüben ist ein Café mit Stühlen und Tischen im Freien. Wir setzen uns dort, essen ein Stück Kuchen, und du erzählst uns einfach."

„Aber wenn mein Chef mich sieht …"

„Keine Sorge, Liddi", sagte Robert. „Mit deinem Chef werden wir schon klar kommen."

Sie setzten sich an einen Tisch im Freien vor dem Café.

Liddi, der *eigentlich Bogdan* hieß, kam aus Rumänien. Dort war er als Jungbär von seiner Mutter gerade in die weite Welt entlassen worden. Kleine Bären bleiben nur zwei Jahre bei ihrer Mutter. Dann müssen sie für sich selbst sorgen.

Liddi hatte Pech gehabt. Er wurde gleich gefangen und in einen engen Käfig gesteckt. Der Käfig hatte einen Fußboden aus Eisen. Die Bärenräuber machten unter dem Käfig ein Feuer. So wurde der Fußboden heiß und immer heißer. Um sich die Füße nicht zu verbrennen, musste *Liddi* immer von einer Pfote auf die andere hüpfen. Es sah so aus, als würde er tanzen. Das war aber sehr schmerzhaft für *Liddi*. Dabei wurde immer die gleiche Musik gespielt. Dann lernte er, dass der Fußboden im Käfig nicht mehr heiß wurde, wenn er gleich tanzte, sobald die Musik spielte. Bald machte *Liddi* das ganz automatisch.

Damit er nicht flüchten konnte, bekam er einen Ring durch die Nase gezogen. Auch das war sehr schmerzhaft. Es brauchte nur einer an dem Ring zu ziehen, schon folgte *Liddi* ihm auf Schritt und Tritt. Die

Bärenräuber zogen mit ihm von Stadt zu Stadt und von Dorf zu Dorf in Rumänien. Überall musste *Liddi* tanzen. Die Bärenräuber bekamen Geld dafür.

Eines Tages kamen Leute, die *Liddi* noch nie gesehen hatte. Sie waren von der Tierschutzorganisation *Vier Pfoten*. Die Leute von *Vier Pfoten* gaben den Bärenräubern so viel Geld, dass sie *Liddi* mit nach Hause nehmen konnten. Sie brachten ihn in das kleine Freiluftgehege. Es ging *Liddi* dort ganz gut. Bis der Chef von LIDDI Supermarkt kam.

„Sag´ mal, Liddi, würdest du mit zu uns nach Hause kommen? Wir haben dort schon eine ganze Schar Kollegen von dir."

„Alles Tanzbären?" *Liddis* Augen leuchteten freudig auf.

„Nein, keine Tanzbären", sagte Otto. „Aber alle von deiner Sorte."

„Gib mir die Hand drauf, Kleiner", lachte *Liddi*. Und Otto schlug ein.

Robert und Otto gingen ins Büro des LIDDI-Chefs. Robert war sehr freundlich:

„Mein Sohn Otto und ich nehmen jetzt den Tanzbär Liddi mit nach Hause. Hier ist unsere Adresse. In Deutschland sind Tanzbären verboten. Das wissen Sie ganz genau. Suchen Sie sich bitte eine andere Möglichkeit, um für Ihren Supermarkt Reklame zu machen. Mein Sohn Otto jedenfalls wird in Ihrem Supermarkt keine Buntstifte und Zeichenblöcke mehr kaufen. Guten Tag."

„Das ist eine Entführung. Ich werde Sie anzeigen", rief der Chef vom LIDDI Supermarkt aufgebracht.

„Ja, das will ich doch schwer hoffen", blieb Robert ganz freundlich.

Wieder aus dem Büro draußen fragte Otto besorgt: „Hast du denn keine Angst vor einer Anzeige, Papa?"

„Nein, Otto. Und du brauchst auch keine Angst haben."

„Und warum nicht, Papa?"

Robert lächelte: „Weil man vor dem, was Recht ist, nie Angst haben muss."

Als Otto und Robert mit *Liddi* nach Hause kamen, befanden sich Manuela und Kitty gerade in der Küche. Kitty besah sich übellaunig und tierisch schlecht gelaunt den neuen Bär.

„Zwölf", miaute sie. „Zwölf sind es jetzt. Mir reicht´s. Ich ziehe aus, bevor es dreizehn schlägt. Dreizehn ist nämlich meine Unglückszahl."

Robert reagierte rasch und hielt die Küchentür sperrangelweit für Kitty geöffnet. „<Reisende soll man nicht aufhalten>, sagt ein altes Sprichwort."

Aber es war Manuela, die die Situation für Kitty rettete.

„Kitty", säuselte sie, „du bist doch die Königin hier im Haus. Ungekrönt zwar, aber die Königin. Wirst dich von ein paar ollen Brummbären doch nicht vertreiben lassen?"

„Wenigstens eine, die zu einem hält", knirschte Kitty zwischen den Zähnen hervor. „Wenigstens eine, die erkennt, wer man ist."

Robert suchte im Telefonbuch nach der Tierschutzorganisation *Vier Pfoten*. Zu Otto sagte er: „Wir wollen den Leuten von *Vier Pfoten* wenigstens Bescheid geben, wo *Liddi* jetzt untergebracht ist. Und dass sie ein Auge auf den LIDDI-Supermarktchef werfen sollen. Und dass sie mir ein Beitrittsformular zusenden sollen. Bei so einem Verein möchte ich gerne Mitglied werden."

„Die ganze Familie, Papa", rief Otto. „Zum Familientarif."

Pepos Traum von einer Fußballmannschaft hatte durch *Liddi* frischen Wind bekommen. Mit *Liddi* waren sie jetzt komplett: Elf Spieler mit einem Trainer. Grad so, wie es sich gehört.

Schnurstracks war er auf den Rasen vor dem Haus gestiefelt und hatte das Spielfeld abgesteckt: Einen Mittelkreis, denn ohne einen Mittelkreis konnte ein Spiel nicht beginnen; vier Ecken für die Eckbälle; zwei Elfmeterpunkte für die Elfmeter, die *Pepo* alle selber schießen wollte, egal für welche Mannschaft. Für Elfmeter war er nämlich Spezialist. Und natürlich zwei Tore. In einem Fußballspiel mussten Tore geschossen werden, sonst konnte ein Spiel niemals aufhören. Köhly sollte der Schiedsrichter sein und Otto der Sanitäter. Jetzt musste er nur noch herausfinden, gegen wen die Bären-Elf spielen sollte. Aber das würde er garantiert noch herausfinden.

Roberts Geburtstag rückte näher. Ottos Ferien waren zu Ende. Er freute sich, wieder zur Schule gehen zu können. Er würde seinen neuen Schulfreunden eine Menge zu erzählen haben.

Robert konnte sich vor Aufträgen für Puppenhäuser kaum noch retten. Er war von früh bis spät beschäftigt.

Das Leben mit den Bären hatte sich eingespielt. Abwechselnd gab es Horatius´ Brezelsuppe und Heidelbeerpfannkuchen zu essen. Manuela kochte natürlich für Otto, Robert und sich zwischendurch öfter mal was anderes. Sie hatte immerhin einen Gemüsegarten ums Haus.

Otto war es eines Morgens gelungen, noch bevor er zur Schule ging, die Bärenschar bei einer poetischen Unterhaltung zu belauschen. Es ging um Roberts Geburtstag.

Jack: „Bei Robert, unserem Kumpel, sind wir nicht heut´ bei ihm zu Gast?
Bringt man da nicht was Kleines mit und fällt nicht nur zur Last?"
Bobby: „Da hast du recht, mein lieber *Jack*, an was denkst du so Tolles?"
Jack: „Na, kosten soll es ja nicht viel, doch Eindruck schinden soll es."

Grizz: „Dann bring dem Robert Töne mit, denn er hört gern Musik."
Frosty: „Oh nein, sag ich, der Robert hat´s mit Musik schon ganz dick.
Der ist so satt, sein Schrank ist voll mit CD´s und Schallplatten.
Wer Robert schenkt nur einen Ton, trägt Eulen auch nach Atten."

Homer: Sag mal, mein Bester, heißt das nicht Athen? *Mir langem E? Weißt schon, wie die Hauptstadt von Griechenland. Immerhin komme ich von dort.*
Frosty: Ja schon, aber dann passt es nicht wegen dem Reim.
Homer: Was ist?
Frosty: Es passt nicht wegen dem Reim.
Homer: Man sagt nicht <wegen dem Reim>, sondern <wegen des Reimes>!
Frosty: Also gut, dann passt es halt nicht wegen <des Reimes>. Es hieße ja dann
... sein Schrank ist voller SchallPlathen/ ... trägt Eulen auch nach Athen. Hörst du? Es passt nicht. ... Platheeeen/... Atheeeen. Das ist Mist. Wir nehmen „Schallplatten" und „Atten". Basta.

Phil: „Dem Robert, mein ich, schenken wir ein Arrangement mit Pflanzen."
Blizz: „Vergiss das gleich, oh nein, oh Graus, da fängt er an zu tanzen.
Hier ist es vollgestopft mit Blumen, das lass mal lieber sein.
Wer Robert Blumen schenken tut, trägt Wasser in den Rhein."

Alter: „Ich hab da etwas Praktisches, ´ne Flasche voll mit Luft.
Ich hab sie aufgefüllt im Wald und riecht nach Tannenduft.
Die nimmt er mit, falls er einmal den Berg hoch radeln tut.
Denn bleibt ihm dort die Puste weg, tut Extra-Luft ihm gut."

Pepo: „Und hier noch was Besonderes. Mit Wasser voll ´ne Flasche.
Die ist nicht groß, die ist nicht schwer und passt in jede Tasche.
Die Profis nehmen´s alle schon, die paddeln auf ´nem Bach.
Man leert sie aus, grad im Moment, wo´s Wasser wird zu flach."

Horatius: „Leute, hört mal her. Mal im Ernst. Das sind doch keine Schlorväge. Lasche Fluft, Wasche Flasser. Also reißt euch mal zusammen. Erstens ist Robert viel zu faul, um mit dem Rahrfad zu fahren, geschweige denn einen Berg hoch. Dem keuchen ja schon die Lungen, wenn er in den ersten Stock die Treppe steigen muss. Und hat einer von euch je ein Baddelpoot hier gesehen? Hä? Na also. Konzentriert euch auf das hier im Haus."
Alter: „Aber wenn er ´ne Flasche Luft geschenkt bekommt, dann kauft er sich vielleicht ein Fahrrad."
Horatius: „Quatsch mit Sauce, Alter."
Pepo: „Und wenn er eine Flasche Wasser bekommt, dann kauft er sich vielleicht ein Paddelboot. Ich kann mir Robert sehr gut in einem Paddelboot vorstellen. Ich würde sogar mit ihm mitfahren."
Horatius: „Jaja, und wenn er eine Basche Flenzin geschenkt bekommt, dann kauft er sich gleich ein Rotormad."
Alter: „Nein, tut er nicht."
Horatius: „Tut er doch."
Alter: „Tut er eben nicht."
Horatius: „Und warum nicht?"
Alter: „Weil er schon längst ein Motorrad hat. Bäätsch."
Horatius: <Morgen>, dachte er, <morgen rasier ich dem Schwugklätzer den Pelz ab.>

Liddi: „Du hast gut reden, Horatius. Liest den ganzen Tag die Zeitung, aber konstruktive Ideen bringst du keine. Nur weil du ein Intellektrischer bist, meinst du, du kannst hier ...“

Horatius: „Es heißt <Intellektueller> und nicht <Intellektrischer>. Was recht ist, muss recht bleiben.“

Liddi: „Seht ihr, da haben wir's wieder. Kehrt den Oberlehrer raus, wo er nur kann, nur weil er mal ein Gym ... ein Gym ... eine Schule von außen gesehen hat. Sag doch ein anderer mal was.“

Phil: „Ruhe jetzt auf den billigen Plätzen. Tennessee hat eine Idee.“

Tennessee: „Geheimrezept bei Läufern ist die Gummibärchen-Power.
Unersetzlich sind sie für den Zweck des Laufes Dauer.
Die Wirkung, die ist zweigeteilt: Sie schmecken nicht nur gut,
schon eins davon zur Wiederkehr der Kräfte sorgen tut.“

Blizz: „Ja hast du denn eben geschlafen? Nicht gehört, was Horatius gesagt hat? Er hat gesagt, dass Robert unsportlich ist. Wenigstens zwischen den Zeilen hat er es gesagt. Laufen ist wohl auch Sport.“

Tennessee: „Nee. Hat jemand was gesagt? Ich hab nichts mitbekommen.“

Blizz: „Weil du nie aufpasst.“

Tennessee: „Hört, hört. Unsere Neunmalkluge Blizz kann sogar zwischen den Zeilen lesen. Na, wenn man das Gedruckte nicht lesen kann, muss man halt das lesen, was man nicht sieht. Huaahaha, ich lach mich krumm.“

Blizz: „Ich habe nicht vom Lesen gesprochen, sondern vom Hören. Du bist bloß noch doof.“

Phil: „Kein Streit untereinander. Reißt euch zusammen. Wir sind hier doch nicht auf dem Schulhof.“

Tennessee: „Die Blizz meint das aber schon.“

Phil: „Aus die Maus jetzt. Unser Homer hat was zu sagen.“

Homer: „Dann pass mal auf, *Horatius*, in seinem Haus, da zieht's
durch Spalt und Schlitz an allen Türen, unangenehm, man sieht's.
Dass *Köhly* meist am Eingang liegt hat sicher einen Grund:
Er hält somit die Zugluft ab und ist ein <Spaltenhund>.
Und auch die *Kitty* ist trainiert auf exponierten Sitzplatz:
Wo's zwischen Tür und Angel zieht, dort liegt sie hin als <Ritzkatz>.“

Jack: „Toll: Bring Hund und Katz ein Fressi und wir sparen uns die Knöpfe. ´S gibt keinen Stress, und wo kein Stress, gibt´s keine heißen Köpfe."

Grizz: „So lasst uns denn ganz stillvergnügt dem Robert gratulieren. Doch achtet drauf, dass jedenfalls ´s genug gibt zum Dinieren."

Jack: „Mein Hunger wird mir schon zu groß. Mir wer´´n die Knie weich. Wir schlagen uns den Bauch ganz voll, und zwar sofort und gleich."

Grizz: „Yes. Und wenn mein Bauch dann voll ist, rülps´ ich ganz fürchterlich. Wer mit dem Essen Letzter wird, muss helfen in der Küch´."

Horatius: „Banausen. Alle sind sie Banausen. Ich geb´s auf. Blotzpitz, Wonnerdetter und Brolkenwuch. "

An Roberts Geburtstag saßen alle um den großen Küchentisch. Manuela hatte vier Apfelkuchen gebacken und alle tranken heiße Schokolade. Robert hatte zudem für jeden Bären sein Lieblingsleckerli besorgt und an den Sitzplatz gelegt. Einen Hering für *Frosty;* Lachs für *Blizz* und *Grizz;* Rosinen für *Homer;* Ahornsirup für *Jack, Bobby* und *Tennessee;* Oliven für *Pepo;* Burgundertrauben für *Phil;* Mirabellen für *Liddi;* eine Brezel für *Horatius* und ein Stück Schwarzwälder Kirschtorte für den *Alten.* Kitty liebte Thunfisch und Köhly einen extra großen Knochen.

Von Manuela hatte Robert einen selbstgestrickten Pullover und passende Socken geschenkt bekommen. In der Werkstatt gab es nämlich keine Heizung und Robert musste selbstverständlich auch im Winter an den Puppenhäusern arbeiten.

Von Otto bekam er einen tollen Bleistift geschenkt, auf dem Roberts Name stand.

Die Bären hatten natürlich kein Hundefutter und Katzenfutter geschenkt. Woher auch? Sie besaßen ja kein Geld. Aber jeder hatte ihm eine Zeichnung von seiner Heimat gemalt. Alle hatten sich Mühe gegeben. Und alle hatten Robert Dankeschön gesagt.

„Dankt nicht mir allein", hatte Robert dazu gemeint. „Dankt auch Manuela und Otto und Köhly und Kitty. Und dankt euch untereinander. Alle haben mitgeholfen, aus unserem Haus ein schönes Zuhause zu machen."

Daraufhin hatte alle zusammen einmal laut „Danke, alle miteinander" gerufen.

Und waren glücklich und zufrieden.

Kapitel 13

Louis Commecicommeça

„Es fehlt ein Glas Heidelbeeren", sagte Manuela eines Morgens nach Roberts Geburtstag.

„Wie meinst du das?", fragte Robert.

„So wie ich es sage: Es fehlt ein Glas Heidelbeeren. Gestern waren es noch achtundsechzig, und heute fehlt eins davon. Es sind nur noch siebenundsechzig im Keller."

„Zählst du sie jeden Tag?"

„Nein, natürlich nicht", sagte Manuela. „Aber gestern hab´ ich sie gezählt. Und heute Morgen ist mir aufgefallen, dass die Gläser anders stehen. Da hab´ ich heute Morgen wieder gezählt. Es fehlt eins."

„Wir verbrauchen so viel Heidelbeeren", warf Robert ein. „Meinst du nicht, dass du einfach die Übersicht verloren hast?"

„Ich? Die Übersicht verlieren? Niemals!"

Am nächsten Morgen. „Es fehlt schon wieder ein Glas Heidelbeeren", behauptete Manuela.

„Aber das gibt's doch gar nicht." Nun horchte Robert auf. „Wobei", erinnerte er sich, „mir seit vorgestern mein Lieblingsschraubendreher aus der Werkstatt fehlt. Und seit gestern vermisse ich eine Beißzange. Ob das miteinander zusammenhängt?"

„Da gehen schon seltsame Dinge im Haus vor", meinte Manuela. „Es wird doch hier wohl nicht spuken?"

„Du meinst ein Gespenst?"

„Vielleicht ein Gespenst mit dem Namen Otto. Ich werde ihn fragen, wenn er aus der Schule nach Hause kommt."

Otto jedoch wusste von nichts. Auch war er kein Gespenst. Und Otto konnte man glauben, denn er sagte immer die Wahrheit. Da waren sich Manuela und Robert ganz sicher. Aber Otto machte den Vorschlag, die Bären zu fragen. Wie im Kriminalfilm. Einer nach dem anderen. Und Otto wäre der Kommissar.

Er setzte sich also in sein Kinderzimmer hinter den Schreibtisch. Dann rief er den ersten Bären zu sich herein. Zuerst kam der *Alte*.

„Seltsame Dinge tragen sich im Haus zu", begann Otto. „Aus dem Keller verschwinden Gläser mit Heidelbeeren. Und aus Papas Werkstatt verschwinden Werkzeuge. Kannst du etwas zur Lösung des Falles beitragen?"

„Ach, Junge", sagte der *Alte*. „Um in den Keller zu steigen bin ich viel zu alt."

„Gut", sagte Otto, „du kannst gehen. Schick´ mir den nächsten herein."

Als nächster kam *Phil*. Der sagte, dass er für derlei Spielchen keine Zeit habe.

Blizz und *Grizz* meinten, dass sie höchstens für Lachs in den Keller steigen würden. Und *Frosty* sagte, wenn es Hering im Keller gäbe, dann *vielleicht* ... Aber für Heidelbeeren? Nein, danke. *Horatius* verbat sich solche Unterstellungen. „Ich koche nur *Sezelbruppe*. Keine *Beidelheeren*. Bedaure."

Bobby und *Jack* schworen auf Ahornsirup und würden sich nie an Heidelbeeren vergreifen. Außer natürlich in Verbindung mit Pfannkuchen. *Pepo* war es im Keller zu dunkel, und *Tennessee* war es dort zu kalt. *Liddi* hatte nicht mal eine Ahnung, wo sich der Keller *überhaupt* befand. *Homer* interessierten ausschließlich Bücher und Gedichte. Von Roberts Werkzeugen hatten die Bären keine Vorstellung. „Du kannst eine Hausdurchsuchung bei uns machen", sagten sie. „Du wirst nichts finden."

„Ich danke euch für die Mitarbeit, meine Lieben. Wenn das so ist, werde ich dem Täter eine Falle stellen." Sagte Robert. „Und ich weiß auch schon wie."

„Eine echte Falle?", wollten die Bären wissen. „So mit Loch graben und so? Oder wie eine Mausefalle? Schnapp, und die Falle ist zugeklappt?"

„Nein, nicht so eine Falle. Nix mit Loch graben oder Mausefalle. Ich konstruiere eine Fotofalle."

„Eine Was-Falle?"

„Eine Fotofalle", erklärte Otto. „Damit wird niemand gefangen oder eingesperrt. Damit wird jemand fotografiert."

„Aha, und wenn dieser jemand fotografiert ist, was ist dann?"

„Na dann weiß ich, wer die Heidelbeeren verschwinden lässt."

„Ooooh, Otto, das ist aber spannend", raunten die Bären. „Wann machst du das mit der Fotofalle?"

„Jetzt sofort", sagte Otto. „Und morgen früh werden wir mehr wissen. Bis dahin müssen wir schon noch warten."

„Warten ist aber langweilig", meinten die Bären und zogen lange Gesichter.

„Wer will, kann mir ja im Keller helfen", forderte Otto die Langgesichter auf.

„Ich nicht", sagte der *Alte*. „Wie gesagt, meine alten Knochen …"

„Ich auch nicht", schüttelte *Tennessee* den Kopf. „Wie gesagt, ist es mir dort zu kalt."

„Und mir zu dunkel", monierte *Pepo*. „So dunkel wie im Postpaket will ich es nie mehr erleben."

„Hab´ keine Zeit für solchen Firlefanz", sagte *Phil*.

„Kann ich im Keller kochen oder vorlesen? Nein? Dann rechne nicht mit mir", brummelte *Horatius*.

„Wenn es keinen Lachs hat …", verkrümelten sich *Blizz* und *Grizz*.

„Ohne Hering kriegt mich dort keiner hin", sprach *Frosty*.

„Wie steht´s mit Ahornsirup?" *Bobby* und *Jack* lehnten dankend ab.

„Im Keller wird es ja wahrscheinlich keine Bücher geben. Ich bleib´ lieber hier im Bärenzimmer", sagte *Homer*.

„Sag´ mal, Otto, bist du für eine technische Konstruktion nicht zu klein? Ich meine, du bist doch noch ein Kind." *Liddi* zeigte wohl als einziger ein bisschen Interesse.

„I wo", schmunzelte Otto. „Das ist kinderleicht. Papas Fotokamera hat einen Bewegungsmelder. Ich stelle bloß die Fotokamera auf. Wenn sich im Keller etwas bewegt, schaltet sich die Kamera von selbst ein und knipst automatisch ein Foto."

„Also ich geh´ mit", sagte *Liddi* mutig. „Erstens weiß ich nicht, wo der Keller ist. Zweitens möchte ich unbedingt mit dabei sein."

Otto und *Liddi* stiegen mit Roberts Fotokamera in den Keller hinunter. Dort stand das Regal mit den Heidelbeergläsern. Otto suchte einen Platz, wo er die Fotokamera aufstellen konnte. Dann schaute er auf dem Display der Fotokamera nach, ob er die Heidelbeergläser gut vor dem Kameraobjektiv hatte. Als er überzeugt war, dass es gut genug sei, bat er *Liddi* darum, sich neben das Regal zu stellen und mit der Pfote zu winken. *Liddi* winkte, und es machte *klick*. Otto konnte auf dem Display der Kamera sofort sehen, ob das Foto gut geworden war. „Prima geworden", sagte er zu *Liddi*. „Komm´ her und schau es dir an."

„Bin das tatsächlich ich auf dem Bild?", staunte *Liddi*.

„Ja genau. Das bist du, Liddi", erwiderte Otto. „Und genauso soll es funktionieren. Ich bin gespannt, ob wir das Rätsel um die verschwundenen Heidelbeergläser lösen können."

Noch bevor Otto am nächsten Morgen zur Schule ging, stieg er in den Keller hinunter, um Roberts Fotokamera zu holen. Manuela und Robert warteten am Frühstückstisch.

„Mama, Papa, schaut euch mal das an", kam er aufgeregt aus dem Keller zurück. Er zeigte seinen Eltern das Display der Kamera. Dort war wunderbar abgebildet, wer für das Verschwinden der Heidelbeergläser verantwortlich war. Es war ein Teddybär. Er war gerade in dem Augenblick von der Kamera fotografiert worden, als er mit beiden Pfoten nach einem Heidelbeerglas griff. Neben dem Heidelbeerglas sah der Teddy ziemlich klein aus. Aber es war *überhaupt* keiner von den zwölf Bären aus dem Bärenzimmer. Es war ein Fremder.

„Kommt mit in den Keller", bestürmte Otto die Eltern. „Wir müssen den Kerl suchen."

„Nur mal langsam", beruhigte Manuela ihren Sohn. „Zuerst mal gehst du in die Schule. Das ist viel wichtiger als so ein Bär. Wenn du dann aus der Schule zurückkommst, gehen wir gemeinsam auf die Suche."

„Ach Mensch", maulte Otto.

„Keine Widerrede", bestimmte Manuela.

So schnell wie an diesem Tag war Otto noch nie aus der Schule nach Hause gekommen. Noch bevor er die Hausaufgaben für die Schule machte, stieg er mit Mama und Papa in den Keller. Köhly durfte dabei natürlich nicht fehlen. Schließlich war er ein Hund und Hunde haben zum Suchen nämlich die beste Nase. Aber er musste an der Leine gehen. Zusammen durchsuchten sie den Keller. Unter den Regalen. Hinter den Gartengeräten. In den Ecken. Aber zunächst fanden sie keine Spur. Dann meinte Manuela, dass sie einen Heidelbeerduft in die Nase bekommen hätte. Dem Duft gingen sie nach. In der Ecke zwischen dem Kamin und einem Bretterstapel war der Duft nach Heidelbeeren am intensivsten. Köhly blieb stehen. Zuerst schnupperte er so, wie Hunde eben schnuppern. Dann knurrte er. Aber nicht böse, sondern eher mitleidig. Dort entdeckten sie auch den Bär. Er saß am Boden, umringt von drei geöffneten Heidelbeergläsern. In einer Pfote hielt er Roberts Schraubendreher, in der anderen die Beißzange. Er schaute ängstlich und zitternd und mit funkelnden Augen Otto, Manuela und Robert an. Seine Schnauze war blaurot verschmiert. Sein weißer Pullover war mit Heidelbeerflecken übersät.

„Komm mal her, du kleiner Wicht", sagte Otto ganz gerührt. „Hab' keine Angst, wir tun dir nichts."

„Wirklisch nischt?"

„Aber nein. Warum denn auch?" Otto streckte dem Kleinen beide Arme entgegen.

„Weil isch 'abe geklaut, commecicommeça, die Dreher von die Schraub' und die Zang' mit Gebiss und die Glas von die Confiture bleue."

„Bestimmt nicht." Otto nahm den Bär in die Hände. „Huch, du bist ja ganz abgemagert."

„Naturellement natürlich. Ich 'abe ja nix ge'abt zu manger über eine Woch'. Nix zu ess', compris?"

„Natürlich", sagte Otto und nahm den Bär in die Arme. Zwei Minuten später war Otto mit ihm und seinen Eltern und Köhly in der Küche zurück.

Kitty war gottseidank im Moment nicht da. Sonst hätte sie *vielleicht* Stunk wegen des neuen Bären gemacht.

Manuela wischte dem Bär erst mal die Schnauze ab.

„Wie heißt du *eigentlich*", fragte Robert den Neuzugang.

„Alors, isch 'eiße Louis Commecicommeça", sagte er.

„Und wo kommst du her und wie bist du in unserem Keller gelandet?"

„Isch komme aus die Vosges im Elsass. Das sind montagnes comme le Schwarzwald. Isch bin dort abge'aut vor die Gendarmerie du Parc National. Sie sagen, isch 'abe geklaut, commecicommeça, die 'onig von die Bien'. Aber das stimmt nischt. Isch bin geschwomm' durch den Rhein. Et voila, isch 'ab geseh la porte ouverte von dein 'aus. Voici bin isch da."

„Warum hat die Polizei geglaubt, dass du Bienenhonig geklaut hast? Ich kann das nicht glauben", wollte Otto wissen.

„Weil isch ´eiße Louis Commecicommeça", sagte *Louis*. „In Frankreisch *commecicommeça* mache ´eißt, etwas stehlen. Oh, das ist ein grand malheur, ein Dilemma. Weil isch stehle nischt. Nur bei euch, weil isch 'atte 'unger. Darum isch möschte sagen pardon."

Otto drückte den kleinen Bären an seine Brust. „Wenn du willst, kannst du bei uns bleiben. Du brauchst bei uns auch nicht zu hungern. Du wirst hier viele Freunde finden. Bienvenu, Louis Commecicommeça. Willkommen."

Robert wusste, dass es ein Problem geben würde, wenn Kitty von dem dreizehnten Bär erfahren sollte. Sie hatte ja schon mit ihrem Auszug gedroht.

„Wie bringen wir das bloß Kitty bei?", fragte Robert, nachdem Otto *Louis* den anderen Bären vorgestellt hatte.

„Das wird schwierig. Sie hat immerhin gesagt, dass sie ausziehen würde, wenn es dreizehn schlägt. Damit meint sie natürlich dreizehn Bären", meinte Manuela.

„Wir sagen, dass Louis noch ein sehr kleiner Bär ist", schlug Otto vor. „Ein kleiner Bär kann nicht als großer Bär zählen. Er ist ja wirklich nur eine halbe Portion. Ein halber Bär, sozusagen. Damit haben wir dann nicht nur zwölf Bären, sondern zwölfeinhalb. Und das sind keine dreizehn."

„Naja, Otto, blöd ist Kitty *eigentlich* nicht", grinste Robert. „Aber versuchen können wir es ja."

In der Tat schaute Kitty Robert, Manuela und Otto lange an. Sehr lange. Dann meinte sie: „Ihr wollt mich wohl für blöd verkaufen."

„Aber nein, liebste Kitty", säuselte Manuela. „Aber schau dir den Louis doch mal genau an. Findest du, dass das wirklich ein großer Bär ist?"

„Bei den Heidelbeerpfannkuchen, die der essen wird, wird er bestimmt nicht lange ein halber Bär bleiben. Aber vorerst hast du recht. Zwölfeinhalb sind keine dreizehn."

„Bedeutet das, dass du weiterhin bei uns wohnen wirst?" Manuela witterte Morgenluft.

„Was heißt hier wohnen. Wohnen kann ich höchstens in einem Palast. Bei euch kann ich es nur mit Mühe aushalten." Kitty rümpfte die Nase.

„Wenn du dir die Mühe machen würdest, wären wir sehr glücklich, liebste Kitty." Manuela wusste halt, wie man mit adeligen Katzen umgehen musste.

„Ich kann es mir jederzeit anders überlegen", maunzte Kitty. „Die Freiheit nehm´ ich mir."

Am Nachmittag des nächsten Tages klingelte es an der Haustür. Robert staunte nicht schlecht, als er Karolina Wortreich mit dem Mikrofon und Roland Dreher mit der Kamera auf der Treppe stehen sah. Und unten an der Straße standen zwei Männer neben einem riesigen Karton. Robert fragte sich, was dieser Menschenauflauf zu bedeuten hatte.

„Guten Tag, Robert", strahlte Frau Wortreich. „Erinnern Sie sich noch an mein Versprechen?"

„Ein Versprechen?", fragte Robert verwundert. „Sie hatten gesagt, dass man Leute wie mich unterstützen müsste."

„Ja, so ist es", strahlte Frau Wortreich weiter. „Und heute sind wir mit der Unterstützung da."

Sie winkte die beiden Männer neben dem riesigen Karton herbei.

„Diese beiden Herren sind von der Firma *Zack-Back*. Sie werden in ihrer Küche eine nagelneue Heidelbeerpfannkuchenbackmaschine aufstellen. Sie bekommen die Maschine von der Firma *Zack-Back* leihweise und kostenlos. Was sagen Sie dazu?"

„Ja, was soll ich sagen? Ich bin einfach sprachlos. Moment, Frau Wortreich."

Robert drehte sich um und rief ins Haus hinein: „Manuela? Otto? Könnt ihr mal eben herkommen? Das müsst ihr gesehen haben."

Manuela und Otto waren genauso freudig überrascht wie Robert.

„Natürlich ist unsere Unterstützung nicht ganz ohne Hintergedanken", sagte Frau Wortreich. Sie war erfreut, dass ihr die Überraschung gelungen war.

„Wir vom Sender würden gern einmal im Monat bei Ihnen vorbeikommen. Dann machen wir eine kleine Reportage über Ihr Bärenhaus. Sowas kommt gut bei unseren Fernsehzuschauern an. Sind Sie damit einverstanden?"

„Und ob wir das sind", jubelte Otto. „Nicht wahr, Mama, gell, Papa?"

„Gut. Und heute würden wir schon mit der ersten Sendung anfangen. Roland, du kennst dich im Haus ja mittlerweile aus. Schnapp die Kamera und filme, wie die beiden Monteure von *Zack-Back* die Heidelbeerpfannkuchenbackmaschine aufstellen. Und Sie, Manuela, backen dann für unsere Zuschauer die ersten Heidelbeerpfannkuchen. Oder Robert macht das. Oder Otto. Und dann filmen wir die Bären beim Essen. Wie viel Bären sind es jetzt?"

„Zwölfeinhalb", rief Otto glücklich.

„Wie? Hab´ ich richtig verstanden? Zwölfeinhalb?" Frau Wortreich meinte, sich verhört zu haben.

„Ja, zwölfeinhalb Bären", rief Otto. „Das kam so …"

Otto erzählte, wie das mit dem halben Bären zustande gekommen war. Er vergaß aber auch nicht die Bären zu erwähnen, die Frau Wortreich noch nicht kannte.

Die Monteure stellten die Maschine in der Küche auf. Dann probierten sich der Reihe nach Manuela, Robert und Otto beim Pfannkuchenbacken aus. Die Maschine war wirklich toll. Eigentlich musste man nur Mehl, Milch, Eier und Heidelbeeren oben hineinschütten und sie einschalten. Den Rest machte die Maschine automatisch. Das war eine klasse Idee von Frau Wortreich. Alle waren froh. Sogar die Bären. Sie sagten, die Heidelbeerpfannkuchen schmecken wie von Hand gemacht.

Vorläufiges Ende